元カレ御曹司に最愛息子ごと溺愛されました

～二度目の恋はひそやかに～

あかつきもも花

Vanilla文庫Miel

JN053881

イラスト／れの子

プロローグ

機内アナウンスが、離陸を告げる。

前川美那《まえかわみな》は、飛行機の小さな窓から、三か月過ごした異国の街を眺《なが》めていた。

空は高く澄み、地平線にはなだらかな山が見える。

クライストチャーチ国際空港の景色は、穏やかな秋の終わりを迎えていた。

(……そろそろ、離陸か)

時刻は十一時。午前のフライトで、ニュージーランドのクライストチャーチから日本の成《なり》田《た》空港へ帰国する。

機内のデジタル時計に目をやり、美那はため息を漏《も》らした。

先ほど、ニュージーランドで契約していた海外携帯を解約した。

だから、美那にかかってくる電話はないはずだ。

(……自分で決めたんだから、くよくよしちゃだめ)

美那は一昨日のことを思い出した。

あの晩、美那はホストファミリーの許しを得て外泊した。恋人と過ごすために。

愛をかわすという行為は、ダンスに似ている。それか、へたくそなバタフライ。

美しく完璧にベッドメイクされていたシーツは、すっかりと波を立てるように皺《しわ》を寄せている。

淡いクリームがかったシーツの上で、ふたりの人間が、生まれたままの姿でお互いを求めてもがいていた。

室内には、ふたり分の吐息《といき》が満ち、ふわふわと熱が漂っている。

体の中心に穿《うが》たれた熱は、痛みだけではなくしっかりと悦《よろこ》びを与えてくれる。

美那は、痛みとともに押し寄せてくる快楽に、シーツを強く握った。

「ちゃんと息をして、美那」

優しい声がする。気遣いながら、そっと頬を撫《な》でてくれた。

いつもは冷たい手が、美那を抱く時、ほのかに熱くなる。

それが、この上ない幸福だった。

大きな手に甘えるように顔をすり寄せると、彼は笑った。

「かわいいね、美那」

「あ……っ」

彼がゆるゆると腰を動かした。

すっかり濡《ぬ》れて、愛される準備の整った蜜洞は、その刺激に、きゅうと締まった。中のすべてが、彼を感じるために収縮する。

自分では意識のできない、けれど、貪欲な反応。

彼の端正な眉がきゅっと寄る。

だが、見上げている美那に気がつくと、目を細めて微笑《ほほえ》んだ。

どろどろに溶かされるほど丹念に全身を愛撫されたあと、薄い膜をまとった彼自身を体の中で感じる度、快楽と一緒に幸福が訪れる。

だが、今日は、その幸福は胸に刺さるようだった。彼の愛が、悲しい。

（……ごめんなさい）

美那は明後日《あさって》、彼のもとを去ることを決めていた。

だから、彼のなにもかもを覚えていたかった。どんな風に笑いかけ、話し、求めるのか。

宝物のような日々の終わりは、近づいてきている。

ずっとこうしてはいられない。

「動くよ」

こくりと美那が頷《うなず》くと、彼が腰を打ちつけた。ぐちゅぐちゅと濡れた音が、ふたりをつなぐそこから響く。

はしたなく漏《も》れそうになる声を必死に呑《の》み込んで、美那は泣かないように目を凝らしていた。彼が暮らしている五つ星ホテルのスイートルームの、ここ三か月で見慣れたベッドの天《てん》蓋《がい》だとか、カーテンの房飾りだとか、壁に掛けられた高価そうなタペストリーだとか。律動に翻弄《ほんろう》される視界に飛び込んでくる。

別れを決意した心を裏切るように、美那の体は肉槍の感触を貪欲に味わい、離すまいとぎゅうぎゅうに締めつけていく。

彼のことが、好きだ。初恋だった。

でも、だからこそ、これ以上夢ばっかり見てはいられない。現実に戻るのなら、いまのタイミングが一番いいに決まっている。

「美那……？」

不思議そうに彼は、尋ねた。彼の透き通る琥珀《こはく》のような瞳に、半ば泣いているような自分の顔が映り込んでいる。

なにも答えることができずに、ふるふると首を振った。

返事の代わりに両腕を彼の首の後ろに伸ばし、抱き着いた。柔らかな美那の胸と、彼の筋肉質の胸が、同じように速い鼓動を刻んでいる。

（……大好き、愛してる。だから、ごめんなさい……）

「どうしたの、美那」

「ううん、なんでもないです」

声は涙声にならなかったか。

美那の頭を、彼が撫でる。壊れやすいガラス細工を包むセロハンを、そっと剝《は》がすように、とても慎重に。

その指先の繊細さも、好きだ。

いや、大好きだった。過去形にしなくては。

この思いは、日本へは持ってはいけないのだから。

「美那。かわいいね」

彼の律動が大きくなり、最奥を何度も何度も突き上げる。強い刺激に思わず声が零《こぼ》れてしまう。その嬌声も次第に、色めいた吐息に変わっていく。

異国で見た夢のような恋の終わりが、こんなに温かいのならば、それでもいいのかもしれないと、美那は思った。


ぽた、と落ちた涙が、美那の手の甲で砕けた。

（泣く権利なんて、私にはない）

彼との思い出を断ち切ると決めたのは、美那だ。

（日常に戻らないと）

時間と距離があれば、忘れられる。きっとどんなに時間がかかっても。
ゆっくりと飛行機が動き始めた。
(恨まれてもいい、嫌われてもいい……だから、私は……私は……)
あなたを諦める——とても素敵《すてき》なあなたには、相応《ふさわ》しくないから。

第一章

思い出は、不意に蘇《よみがえ》って、美那《みな》の手を止める時がある。

「前川《まえかわ》さん？　どうしたの？　ぼーっとして」

ようやく自分がどこにいるのか思い出した。

職場だ、新卒で入社してから働いているオフィス。美那は何度か瞬《まばた》きをして、思い出を振り払った。

季節は日本らしい穏やかな春。あの朝晩の厳しい寒さに晒《さら》されるニュージーランドの秋とは違う。学生だったころとは違い、自分自身もすでに二十六歳になっていた。

コツン、と、紙コップがデスクに置かれて、美那は我に返った。湯気を立てている紙コップの中身は、ミルクティーだ。

顔を上げると、美那が入社後の研修期間後に企画部に配属されてから、ずっと指導係としてついている岸《きし》が首を傾《かし》げていた。

彼女は、自分の分のコーヒーを手にしている。いつも、美那の分のミルクティーもついでに入れてくれるのだ。

「す、すみません、就業時間中にぼーっとしちゃって……」

「なに言ってんの、それ、ニュージーランドの写真でしょ？　ニュージーランドフェアの企画の調査じゃない。ちゃんと仕事だよ」

岸はからりと笑った。

指導係が彼女でよかった。普段からサバサバしており、段取りがいい。意見はきちんと言う一方で、相手の話にも耳をきちんと傾《かたむ》ける。服装もショートヘアにパンツルックで、まるでファッション誌から出てきたようなセンスのよさで、美那の憧れでもある。

ふたりの勤めるリビング・フロントヤードは、日本全国と海外にも数店舗を構える、大型のショッピングモールだ。

ファミリー層をターゲットとしたショッピングモールでもありつつ、アウトレットモールの性質も伴《ともな》っている。

そのリビング・フロントヤードの企画のひとつとして、夏の終わりごろにニュージーランドフェアが予定されている。

世界中には素敵《すてき》な商品が溢れている。

そして、それを届けるためのフェアも様々企画されている。スペイン、フランス、アメリカ……世界各地の商品を楽しめるのも魅力のひとつだ。

クリスマスなどの季節商戦ほど大掛かりな企画ではないものの、美那にとって特別な場所であるニュージーランドがフェアに選ばれたとあって、隙間時間にはどうしても検索をしてしまう。

それが恥ずかしくて美那がはにかむと、岸は笑った。

「前川さんはニュージーランドに住んでたって聞いてるし、頼りにしてるよ」

「住んでいたって程《ほど》じゃないですよ、大学の短期留学程度で」

「三か月いたんでしょ？　私は留学経験もないし尊敬しちゃうな。ニュージーランド、いいところだった？」

「……そうですね、いいところでした」

そう、いいところだった。

美那にとって生まれ育った東京《とうきょう》以外で、あんなに様々な記憶と感情が詰まった場所はない。とてもとても美しい……まるで物語の中に存在する、まぼろしの街のような。美那の中では、そんな風に位置づけられた国だった。

人口よりも羊が多いと言われるその国は、オーストラリア以南の、北島と南島、いくつかの群島で作られた国だ。首都は北島にあるウェリントン。同じく北島には国内最大都市のオークランドもあり、商業や経済の中心となっている。

美那の留学先は、南島にあるクライストチャーチだ。

町の中心街から遠い住宅街に、ホームステイ先はあった。近くの庭はきれいに手入れされ、同じデザインの家が数軒並んでいる。

あたりを見渡すと、日本よりも歩道の幅が広い道路に、バスの路線番号が書かれただけのシンプル極まりないバス停がある。

空は高い。

ガーデニングシティーと名をつけられるだけあって、景観も素晴らしい。

そこは、美那の青春の街でもあった。

「そろそろミーティングの時間だ」

はた、と岸が時計を見上げた。

毎週水曜日の全社ミーティングのほかに、週初の部内ミーティングがある。今日は部内ミーティングの日だ。

「今日は、副社長の就任あいさつだもんね。遅れたらまずいから、行こうか」

岸はそう言うと、先に席を離れた。

見れば、フロアのミーティングエリアにはそぞろに人が集まっている。美那も急いで、パソコンをスリープにして、席を立った。

副社長として姿を現した男を見て、美那は頬をひっぱたかれたような心地になった。

──やっぱり、あの瞳は宝石だ。

四年前、大学三年生の春休みに初めて出会った時から、あの瞳はなにも変わっていない。

美那はぎゅっと手を握りしめて、動揺を誰にも気づかれないように、平静を装った。

副社長は、この世のありとあらゆる言葉を尽くしても足りないくらい、輝く美男子だった。

多分、誇張でもなんでもなくて、本当に美しい人だ。

このオフィスにいる全員に聞いても、「あんな美形見たことがない」と答えるだろう。

その証拠に、男も女も、全員、どこかぼんやりとした目で、あいさつをするために立つ美男子を見つめている。

一八〇センチは優に超えているだろう長身で、股下もやけに長い。

隣に並んだ総務部長の腰の位置がちょうど足のつけ根にあるくらいには、日本人離れしたスタイルをしている。グレンチェックのスリーピースがとても似合っていた。

黒々とした真っ直ぐな髪、切れ長の目と、クールビューティーと呼んで差し支えない美貌だ。

そんな中で、瞳だけは琥珀《こはく》色に輝いている。

「では、ごあいさつをお願いします」

いつもは大企業の管理職として堂々としている総務部長も、心なしか緊張した様子で促した。

美男子は、その長すぎる足で一歩前に出て、軽く会釈する。再び顔を上げると、軽やかに微笑《ほほえ》む。春風が吹いたような、そんなさわやかさが駆け抜けた。

「本日着任しました、リビング・フロントヤードの副社長となります戸ノ崎公輝《とのさきこうき》です。いままでは戸ノ崎ホールディングスの海外支社にいましたが、日本に戻ってくることになりました。まだまだ日本のマーケットに関しては不勉強ですので、企画部のみなさまのお世話になることも多いと思います。よろしくお願いします」

よどみのない口調で、戸ノ崎公輝はあいさつをした。

咳ばらいをしながら、総務部長が続ける。

「副社長はもともとアメリカにいらしたが、高校時代はフランスに住まわれていたこともある。日本語以外にも、英語、フランス語、中国語が堪能だ」

「いえいえ、そんな。中国語は日常会話程度ですよ」

「日常会話程度でも十分ですよ」

総務部長と副社長が笑い合う。

その声を聞きながら、美那は仕事で叩《たた》き込まれた所作で、流れるようにお辞儀した。しっかりとした角度、美しい動き。

美那のお辞儀につられるようにして、みんな頭を下げた。

大丈夫、こうすれば紛れる。

オフィスカジュアルの女子社員と、スーツの男たち。日本の画一された『社会人』の格好に、これほど感謝したことはあるだろうか。

お辞儀をした面々に、総務部長は満足げに頷《うなず》いた。

「では、副社長、次の部署に参りましょう」

「はい。では、ありがとうございました、よろしくお願いします」

公輝は最後にもう一度会釈をして、立ち去る。

美那は顔を上げなかった。お見送りとしては不自然ではなかっただろう。

全員がそろそろ顔を上げて、小さな声で「びっくりしたね」とか「格好いいね」とか話し始める。

その中でも美那は動けずにいた。

「やばい」「どうしよう」「なんで今さら」とか、そういう言葉がぐるぐると脳内を駆け巡っている。

「前川さん？　大丈夫？　もう顔上げて平気だよ？」

「あっ、はい」

「具合でも悪い？　そういえば、少し顔色が悪い気がする……」

隣にいた岸が、そう声をかけてくれた。

美那は慌てて顔を上げ、両手を振って見せた。

「だ、大丈夫です。ちょっと緊張して」

緊張した。

それはうそではない。さっきまで公輝が立っていた場所を見ることさえ怖いくらい、緊張した。手のひらにも背中にもびっしょりと汗をかいている。

心臓が、止まるかと思った。

副社長として紹介された男を見て、まずいことが起きたと直感した。

そんな美那の内心は知らず、岸はうんうんと頷いた。

「まぁ、緊張するよね。戸ノ崎副社長って、確か、総帥の息子でしょう?」

「や、やっぱりそうなんですね……戸ノ崎ホールディングスですもんね……」

社名でもあるリビング・フロントヤードは、創業者一族の名字である戸ノ崎の由来である『戸の先』を『前庭』として、英訳したものだ。

「しかも、あの美貌、迫力すごかったよね〜。いやー、見とれちゃった」

「はは」

ほうっと息を吐《つ》いた岸に、美那はあいまいに笑った。


(疲れた……。早く帰らないと)

定時で仕事を終えて、美那は企画部のオフィスを出た。基本的に、繁忙期でもない限り、残業はしない。会社自体も美那が入社する数年前から、基本的には残業NGに舵《かじ》を切っている。

オフィスビルらしく、各フロアと廊下はセキュリティドアで区切られている。開閉には社員証が必ず必要となり、社員証がなくても入れる共有部分は、エレベーターホールに続く廊下くらいだ。

普段、その共有部分の廊下は静かなものだ。

だが、今日はその一帯が不自然なほど賑《にぎ》やかだった。

社員証のICカードでエレベーターホールに続く扉を開けて、その瞬間、美那は脱兎《だっと》のごとく逃げ出した。

人の群れの中に頭ひとつ抜け出した男を見つけたからだ。彼は光って見えた。

たくさんの人々――重役の姿もあるし、美女と名高い秘書室の面々もいる――の中にいるのに、あんなに目立つ。

彼も、なぜか、ふっとこちらを振り向いた。

目が、合う。

バチン、と音がするほど、しっかりと。

走れ、すぐさまここから姿を消せ。

企画部はビルの十階にある。

だが、それがなんだというのだ。美那はいつものとおり、勤務中の標準装備のピンヒールを、デスクの一番下の引き出しにしまい込み、スニーカーに履き替えている。

階段を駆け下りることに不安はなかった。

なにしろあの一団を突き抜けなければ、エレベーターホールにはたどり着かない。ならば、いますぐ背を向けて、逆方向にある非常階段へ向かうしかない。

悠長にエレベーターを使っている場合ではない。

逃げなければいけない。

エマージェンシーエマージェンシー。

想定外の事態。逃げよ。

美那はたどり着いた非常階段の扉を押す。

重い、腹が立つほどに。

重くてスピードが落ちた。

けれど、すぐにその重たい扉が、ぐん、と勢いをつけて開いた。

「美那」

止まったていた時計の針が、かちり、と音を立てて動く気配がする。

背中をそっと優しく押されて、公輝とともに美那は非常階段の踊り場に入った。バタンと大げさなほどに鳴った非常階段の扉が恨めしい。

非常階段の扉は美那が押した時は、あんなに重かったのに、彼は軽々と開けてしまった。

その上、こうして誰の目からも隔離するように、美那と公輝をオフィスという安全地帯から区切ってしまう。

まるで、願いが叶《かな》う石のようだ。逃げたいという美那の前では重く、美那を捕まえようとする公輝の前には、軽く。その人によって重さが変わる。

「……副社長、どうされましたか」

美那の声が、かすれた。

（みんなの中にいた時は、私に気づいてない感じだったのに）

「美那だよね、前川美那。四年前、ニュージーランドのクライストチャーチに留学していた」

認めるわけにはいかない。

いや、脱兎のごとく逃げていれば認めているようなものなのだけれど、いま、そこは考える余裕もない。

「……私の名前、ご存じでしたか。留学先のことも……履歴書には書いていなかったと思うのですが」

苦しいとは思いつつ、しらばっくれる美那の言葉に、公輝が形のいい眉を寄せた。

「美那、話をしよう。分かってるよね、――……俺だよ、公輝だ」

怒っているというよりも、悲しげで、そして、柔らかな声だった。

じっと足元を見たままだった美那のあごに触れ、くいっと顔を上げさせる。公輝が泣きそうな顔で美那を見下ろしていた。

「忘れられなかった、君をずっと」

「私を……?」

「そう。君も俺を覚えてる、だから逃げた。そうだよね」

だめだ、この瞳に見つめられると、ごまかそうという気持ちがなくなってしまう。

「……それは、そうです」

四年。

美那にとっては、あっという間の月日だった。

どんな顔をしていいのか分からない。

なのに、美那は公輝の瞳に惹《ひ》き込まれてしまう。

四年前、彼の腕の中がどれだけ温かかったのか、彼がどれほど幸せそうな笑みを向けて、美那を大事にしてくれたのか。

三か月分の記憶がサイレント映画のように流れていく。

たった三か月。それでも、美那にとって初めての恋人だった。

「こうして、日本に戻ってすぐに再会できると思っていなかった。うちの会社にいたなんて……美那」

琥珀の瞳に、どこか呆然とした、自分の顔が映り込んでいる。

公輝も気づいているだろう。目の前の女が、なにも言えずにいることに。

それでもこんなに真っ直ぐに美那を見つめている。

非常階段の下の方で扉が開く音がして、一瞬、公輝の気が逸《そ》れた。

（いましかない……）

美那は勢いよく踵《きびす》を返す。

「あっ、美那……っ！」

公輝は追いかけてこなかったし、美那は一度も振り向かなかった。


彼と出会ったのは四年前、日本からは遠い南半球、ニュージーランドでの出来事だ。

突然、ぽーんと放り投げられたラグビーボールが目の前に落ちてきて、美那はぎょっと足を止めた。

振り向けば、地元の高校生たちが三人ほど、にやにやと笑いながらなにかを言っている。

ニュージーランド訛《なま》りの英語を聞き取れるほど、美那は英語が堪能ではない――どころか、大学のカリキュラムの一環で短期留学しただけの美那にとって、イギリス英語をベースとしたニュージーランド訛りなんて、理解できるわけもない。

しかも、恐らく、スラング。大学生の美那を、もっと幼い年齢だと思って、からかっているのだろう。

それは、分かった。分かっても、怖いものは怖い。

このラグビーボールをどうせいっちゅうねんと、内心で思っても、英語がワンセンテンスも出てこない。

無《む》。

サツマイモのようなボールはコロコロ転がって、美那のミュールのつま先に当たった。

美那の前に現れた男が、大きな手でラグビーボールを摑《つか》み上げた。

滑らかなブリティッシュアクセントの英語で、「君たちはとてもラグビーがうまいね」と聞いた瞬間、「んなわけあるか」と思ったが、それが皮肉だとすぐに思い当たった。

美しい英語で言い返した彼が、きれいなフォームで高校生たちに投擲《とうてき》する。ラグビーボールを投げ返された高校生たちは、どこか気まずそうに顔を見合わせて、そそくさと立ち去った。

「You're so great rugby player.」

「あ、あの」

美那は、目の前の仕立てのいいTシャツ姿の男の背中に声をかけた。

彼は振り向いた。

「大丈夫？　けがはない？」

流暢《りゅうちょう》な日本語、柔らかく細められた瞳は、ニュージーランドの夏の日差しを受けて、きらきらと輝いていた――

その出会いから三か月、美那は公輝の恋人としてニュージーランドで過ごした。

ただ、その日々は、美那にとっては遠い過去になっていた。

「遅くなりました！」

美那は、走ってある場所に向かった。

「ママっ！」

天使の声がする。

天使は子どもサイズの小さな椅子《いす》に腰かけて、ふくふくとした小さな手にぴったりのままごとセットで、お友達とお茶会を楽しんでいた。

空色のトレーナーを着た乃恵瑠《のえる》が、美那を見てぱぁっと笑みを浮かべる。

ぜーはーと息を整える美那を見て、エプロン姿の保育士が近づいてきた。

「お疲れ様です、乃恵瑠くんママ」

美那は慌てて頭を下げた。

「いつもお世話になってます、先生」

「なんだか、今日はお疲れですね……。そんなに急がなくても大丈夫ですよ」

保育士は心配そうに美那を見た。

「すみません、お気遣いありがとうございます」

疲れたのは仕事ではない、主にそのあとの場外乱闘だ。

非常階段を一気に十階分駆け下りたあとなので、さすがにしんどいというだけだ。

乃恵瑠を預けているところは、リビング・フロントヤードを経営する戸ノ崎ホールディングスの従業員向け企業内保育園なので、ビルからとても近い。今日のように走ってきても、送迎の時間に間に合うことはありがたかった。

三歳になったばかりの愛息は、ロッカーから自分の荷物を取り出し、美那に飛びついた。

「ママ〜！」

乃恵瑠の小さな頭をぽんぽんと撫《な》でて、美那は微笑んだ。

「お待たせ、乃恵瑠。ママ、汗臭くないかな？」

「ううん！　いいにおい！」

「よかった」

両腕を伸ばして、抱きついてきた乃恵瑠を抱え上げる。にこっと頬が盛り上がり、かわいらしいえくぼが顔を覗《のぞ》かせる。

美那によく似ていると言われる、少し垂れた目に笑ったような口元。バランス的にもかなり幼く見える。わが子ということを差し引いてもとてもかわいい。

シングルマザーとして乃恵瑠を育てているが、父親の顔の要素はほとんどない。ただ、ひとつ、その瞳を除けば。

——乃恵瑠のその瞳は、濃い琥珀色をしていた。公輝よりは濃いが、美那よりは明らかに薄い色。

知らず知らずのうちに、乃恵瑠を抱き上げる腕に力がこもった。

表情も強張《こわば》ったのだろう、乃恵瑠はきょとんと首を傾げた。

それから、小さな手で美那の頭を「いいこいいこ」してくれた。

「ママ、だいすき」

「ママも大好きだよ、乃恵瑠」

胸に温かな感情が広がる。

こんなに自分の子どもがかわいいなんて、思ってもみなかった。いや、きっと頭のどこかでは分かっていたのだろうけれど、実感してみると、全く違った。

これ以上、大事な存在なんてない。自分よりも、乃恵瑠が愛おしい。

美那はぎゅうと乃恵瑠を抱きしめた。

乃恵瑠は、私の宝物。誰にも、誰にも奪わせない。

――それが、相手が公輝だとしても。乃恵瑠は美那のたったひとりの息子なのだから。

第二章

美那《みな》はいつも、乃恵瑠《のえる》が起きる時間に目を覚ます。それは、ほとんど日の出と一緒だ。

今朝もそうだった。寝ていてもまぶしさを感じて目を開けると、乃恵瑠はいつものようにベッドの上に腰かけていた。

乃恵瑠は寝室のカーテンを開けて、建物の間から太陽が顔を出す瞬間を見ることが、なぜかここ半年のブームだ。熱で動けない日以外は、基本的にそうやって朝日を迎える。

なにが楽しいのか分からないが、熱心に、しかし静かに朝日を見守る。

美那もすっかりそのリズムが体に染みつき、いまでは目覚ましはめったに鳴らない。

乃恵瑠の芸術的な寝ぐせを直し、おにぎりとお味噌汁に簡単なおかずという朝食をとり、着替えをさせる。

それだけでも、あっという間に時間は過ぎていく。朝は戦場だ。

乃恵瑠は朝日を見て、朝食を済ませるとどうにも眠くなってしまうらしく、パジャマから着替えさせるころには、大概、小さな頭はこっくりこっくりと船を漕いでいる。

乃恵瑠が寝てしまわないように声をかけながら、美那は自分の準備も手早く整える。化粧もヘアセットも最低限になってしまうが、仕方ない。しばらく努力していた時期もあったが、ここ一年は気にしないことにしている。

自転車で通勤しているので、美那はいつもパンツルックだ。自転車の後ろに乃恵瑠を乗せ、保育所へ預けると十分ほどで会社だ。

リビング・フロントヤードの本社は、戸ノ崎《とのさき》ホールディングスのグループ各社の本社が集まった区域にある。

ある意味で、戸ノ崎ホールディングスの街のようなものだ。いままでは安心して自転車で走っていた街が、ここ最近落ち着かない。

さすがに公輝《こうき》が、美那のように社宅に住んでいることはないだろうが、出社中の公輝が美那（と乃恵瑠）に気がつかないとは限らない。

出勤に無駄《むだ》な緊張を強《し》いられているからか、地味に朝から疲労する。そういう感覚は、塵《ちり》のように積もっていた。

「おはようございます」

「おはよ……って、どうしたの、前川《まえかわ》さん、その顔色……」

振り向いた岸《きし》が、ぎょっとして尋ねた。

「顔色……ですか？」

「血色が悪いよ」

　これでも時間がないなりに化粧はしているが、さすがのファンデーションも累積した疲れを隠すことはできないようだ。

　美那はのろのろと、袖机の一番下の引き出しを開けた。通勤用のスニーカーを脱ぎ、脱臭用のポプリを差し込むと、仕事用の黒いパンプスに履き替える。

　普段なら仕事用に切り替わる気持ちが、全く変わらない。どんよりと胸の奥が重くて、暗い。

「前川さん、どうしたの？　最近、なんか変だよ」

「変……ですか」

「うん、気もそぞろって言うか、具合が悪そうっていうか……うーん。乃恵瑠くんになにかあった？」

　美那の家庭環境は、企画部の中では隠されていない。子どもとふたりきりで暮らしていることは、みんな知っている。

　企画部をはじめとして、リビング・フロントヤードの本社の人間はシングル家庭も少なくはないので、特段目立つわけでもなかった。

　岸自体は独身だが、本人がシングル家庭で育ったということもあり、美那をさりげなくサポートしてくれている。

　従業員が働きやすい環境を重視したリビング・フロントヤードでは、社内保育所をはじめとして、各種休暇制度など福利厚生がかなりしっかりしている。

もともと小売業でもあるので、女性社員数が多いことも、その体制を後押ししているのだろう。

「この春から、実家出て社宅でしょ？　そういう苦労もあるんじゃない？」

岸が尋ねる。

確かに、確かにそれもある。

春までは実家から通勤していた。家に帰ればできたての食事があったり、洗濯もされていたりして、乃恵瑠の世話も家族が協力してくれていた。

しかし、いつまでも実家に甘えてはいけないと思い、乃恵瑠が大きくなってきたこともあって社宅に移った。

家事も育児も仕事も、と欲張っているかもしれないが、美那は自分の足でしっかり立とうと考えたのだ。

（でも……実際、ひとりで抱えてるのはきついかも……）

美那はふうっと息を吐《つ》き、岸に尋ねた。

「……あとで、少し話を聞いてもらってもいいですか……？」

「ん？　いいよ、もちろん」

任せて、と岸は胸を叩《たた》いた。

社食ではなく、少し歩いたところにあるイタリアンで、岸と美那はランチをとることにした。

オーダーを終えた時に「話しにくいかもしれないけど、部内で手伝えることがあるなら、手伝うよ」と岸が切り出してくれた。

「え……。なになに、どういうこと？　ちょっと理解が追いつかない、もう一回いい？」

「……乃恵瑠の父親と再会したんです」

さすがに、公輝が父親だとは伏せて、再会した事実を打ち明けた。

「……マジか」

「マジです……。ニュージーランドにいた時に短い間だけ付き合っていて、私が帰国する時にお別れしたんですが」

「帰国して妊娠が分かったんだよね、確か」

美那は頷《うなず》いた。

ちゃんと避妊はしていた。公輝も美那も気をつけていたし、そんな無責任に付き合っていたわけではなかった。

美那にとって、恋愛自体が冒険だったのだ。それなのに、それ以上の冒険ができるわけがなかった。

乃恵瑠がお腹にいると分かったのは、帰国して大学の健康診断を受けた時だ。問診の医師から、妊娠している可能性があると指摘され、真っ青になった。もともと生理不順だったこともあり、全く気づいていなかった。

恐る恐る試した妊娠検査薬は陽性で、妊娠の報告を受けた親は怒りを通り越して呆然とした。

それはそうだろう、一人娘が留学先から帰国してすぐに、妊娠が分かったなんて、自分が親の立場なら卒倒しかねない。

大学四年の五月。人生が全部ひっくり返る大事件。

卒業に必要な単位は手に入れていたので、卒業論文だけという段階ではあった。

それでも、大変なことだ。

「でもさ、妊娠が分かった時、どうして言わなかったの？　その相手に」

岸が美那に尋ねる。当然の疑問だろう。

「……留学中は海外用のスマートフォンを契約していたので、帰国と同時に解約していて。それに、なんていうか、身分の違い？　っていうのか、そういうのを痛感していたのもあって」

ニュージーランドで過ごしている間、公輝と過ごしていると、不意に生活階層の違いを感じる時があった。

公輝の持ち物も、買い物の仕方も、そうだった。仕草やふるまいが、完全に上流階級のそれだった。

公輝はホテルステイをしていた。そのホテルも、クライストチャーチの中心地にある、高級なホテルだ。セキュリティから考えれば、ホテル住まいは安上がりなのだろうが、そのあたりがすでに美那の感覚にはない世界観だ。

美那の常識とはかけはなれていて、旅先では魅力的に見えた。純粋に一緒にいるとわくわくできた。

公輝が自分をとても大切にしてくれていたことは分かっている。だからこそ、夢から覚めたくなかった。

美しい風景の中に、きらきら輝く思い出として閉じ込めておきたかったのだ。

「住む世界が違う気がしていて、素敵《すてき》な夢で終わらせたかったんです。自分勝手な話なんですけど……」

「――そっか、うーん、むずかしいね。前川さんは乃恵瑠くんのことを伝えないつもり……？」

岸が首を傾《かし》げた。

「はい……伝えるつもりはないです」

「一応聞くけど、なんで？」

「お金目当てで子どもがいるって言い出したと思われたり、相手の家に乃恵瑠を引き取るって言われるかもしれないって思うと、どうしても……。私は、ひとりで育てるって、そう決めて産みましたし」

「そっか……」

「はい。乃恵瑠のことがバレることはないと思いますけど、やっぱり不安で」

いくらなんでも、別れた恋人の子どもを、自分の子だとすぐに疑うことはないだろう。

岸は腕を組み、うーんと眉を寄せた。

「事情は詳しく分からないけど、前川さんが納得できることが一番だと思うよ。だから、私になにか協力できることがあったら、言ってね。ママの幸せが、乃恵瑠くんの幸せだよ」

「ありがとうございます、その言葉だけでも、ほっとします」

なにか解決したわけではないけれど、岸に話して、少し気が楽になった。

岸が自身の母を大事に思っていることは、美那も知っている。だからこそ、ひとりで子育てに奮闘する美那にも親身になってくれるのだ。自分と乃恵瑠も、こんな関係でありたいと思う。

美那はぐっとお腹に力を入れた。公輝との予期せぬ再会に、怯《ひる》んでいる暇はない。

優先すべきは、乃恵瑠だ。

そう意気込んでみたものの、実際に美那ができることは、とても少ない。

企画部のオフィスに戻った時、妙に賑《にぎ》やかで……なんだか嫌な予感がした。

企画部の面々は基本的には、それぞれ担当しているプロジェクトを走らせている。全員が同じタイミングで動いているわけではないので、休憩もそれぞれ入る。

岸と食事に出た時はいつもどおりだったはずなので、そのあとになにかあったのだ。

（なんだろう……、いやな予感……）

岸のあとをついて歩いていた美那は、はっと足を止めた。

窓辺に人がそぞろに集まっている。だというのに、公輝はすぐに目に飛び込んできた。

美那の視線を追って、岸も気づいたようだ。

「副社長だ。……え？　今日来るとか言ってたっけ？」

「私は聞いてません……岸さんは？」

「いや、私もなにも聞いてない」

岸も驚いている。美那の上席である岸が知らないのだから、美那が知っているわけもない。

公輝がいる。副社長がどうして企画部に。

混乱する心を落ち着けるように、美那は息を吸った。

あの日、再会したその日に、非常階段で公輝を振りきってから、顔を合わせることはなかった。

「……どうして企画部に副社長が……」

「なんでも企画部にも三か月くらいいるんだって。研修がてら、リビング・フロントヤードの施策運営の勉強をするって」

美那の呟《つぶや》きを聞いた、近くのデスクの先輩が教えてくれる。

岸は「マジ？」と声をひそめながら尋ねた。

「ええ？　内示あった？」

「ないない。さっき来たんだよ、社長と」

リビング・フロントヤードの社長は戸ノ崎信人《のぶと》、会長の双子の弟――つまり、公輝の叔父だ。

公輝を避《さ》けていこうと思ったばかりの予想外の展開に、美那はめまいがしそうだった。

「そんな急に……」

「すみません、調整がついたのが今朝のことで。正式な着任ではないので、内示まではいいだろうと社長と話になりまして」

美那はびくりと肩を竦《すく》めた。そろそろと振り向けば、公輝が笑顔でこちらに歩み寄ってきていた。

琥珀《こはく》色の瞳は細められ、柔らかな――けれどよそゆきの笑みを浮かべている。

座っていた先輩も立ち上がり、岸も姿勢を正す。

公輝は堂々とした様子で、三人に笑顔を向けた。

「突然のことで、ご迷惑をおかけしますが、よろしくお願いします。みなさんのお名前を伺っても？」

それぞれあいさつをすると、公輝は頷きながら名前を繰り返した。

「戸ノ崎公輝です。よろしくお願いしますね」

公輝は名乗りながら、手を差し出した。

岸は慌てて公輝と握手をする。彼は、そのあと、美那に体ごと向き直った。美那の番だ。

握手。会社の中のあいさつで、握手なんてするだろうか。でも、副社長に差し出された手を拒否する若手社員は不審でしかない。

ええい、ままよ。

美那は握手をするために、手を伸ばした。

お互いの手が触れる瞬間に、彼の方から美那を捕まえた。

「前川さんがニュージーランドフェアの企画に熱心に取り組んでいると伺いました」

「……私以外のみんなも、頑張っている最中です」

「ニュージーランドになにかご縁でも？」

「まだ新人なので、そういうフェアも勉強中です」

あえて質問には答えなかった。

だって、公輝は答えを知っている。

四年前、美那がどこに住んでいたか、ホームステイ先の住所まで知っているのだから。

美那は取り合わないことで、公輝と関わるつもりはないということを、暗に伝えようと思った。

「そうですか。わたしもニュージーランドに滞在したことがあるので、今度、お話を伺いたいです」

「……機会があれば」

ないけど。

美那のそんな内心はお構いなしに、公輝はにっこりと笑った。

＊

美那から見ても、公輝の企画部の研修は思った以上に本格的な——マネジメントという意味でだが——ものだった。

公輝は課長ら役職者について、リビング・フロントヤードの企画の流れを学んでいる。

リビング・フロントヤード自体は、もともとは一般的な郊外型のショッピングモールだった。十年ほど前から、そこにブランドショップなども誘致して、アウトレットモールの要素も足し、プライベートブランドも充実させるなどして、成長を続けている。

見た目にもこだわり、ヨーロッパ風のモールの内部は『映《ば》え』ると、ＳＮＳでも人気のスポットでもある。

そういう嗅覚が、社長である戸ノ崎信人は鋭《するど》かった。

信人が社長に着任してから、リビング・フロントヤードの店舗数は、戸ノ崎ホールディングスの持つその他の郊外型スーパーチェーン『とのさき』に劣《おと》るものの、年商ではすでに超えている。

リビング・フロントヤードは戸ノ崎ホールディングスの中で、代名詞的な会社のひとつに成長した。

企画部は、リビング・フロントヤードの社長の肝《きも》いり部署だ。ブランド店舗の誘致から、現在の路線を確定させる舵《かじ》取りは、企画部が主導した。

企画部には内部に、二種類の職種がある。企画と、バイヤーだ。

美那のように企画を練る純粋な企画部もいれば、日本中、時には世界中を飛び回っているバイヤーも在籍する。

企画部は、リビング・フロントヤードの仕掛けを作る大事な部門。

全員が、その誇《ほこ》りとプライドを持って、仕事にあたっている。

そういう意味では、武者修行としてはこれ以上、適任な場所はないのかもしれない。

とは思っても、美那にとって、これ以上落ち着かない環境はない。

公輝は常に視界の端にいた。デスクは近いわけではないが、役職者席はいやでも目に入る。

(気にするなって方が無理なんだよね)

美那がタイピングを終えてふっとモニターから目を離した時。

カフェスペースにドリンクを取りに行って戻ってきた時。

視界の隅が光るように感じて、何気なくそちらに目を向ける。

そういう時は、大体、公輝がいる。初めこそきちんとスリーピースを身に着けていたけれど、最近はジャケットを脱ぎ、ダブルのベスト姿でいることがほとんどだ。

そのシャツの白さが、やけに目にまぶしい。

公輝が配属されて一週間、まだ、彼がオフィスにいることに美那は慣れずにいた。

美那は席を立って、カフェスペースに向かった。各階フロアにあるカフェスペースには、従業員用のドリンクサーバーと軽食の自販機がある。

電子レンジやお湯の出るウォーターサーバーもあるので、お弁当を持ってきても安心だ。

(ココアにしよう……疲れた)

紙コップをサーバーにセットしようとしたその時、

「ココア?」

後ろからかけられた声に、美那は「ひゃっ」と声を上げた。

振り向かなくても分かる、公輝だ。驚いて声を上げた美那に、公輝はくすくすと笑っていた。

「……副社長……、驚かせないでください」

「ごめん、そんなに驚くとは思っていなくて」

彼はひとりだった。基本的に公輝は課長や、各チームの主任とブリーフィングをしていることがほとんどだ。

公輝は、傍《かたわ》らの軽食の自販機から大きなチョコレートチャンククッキーを買った。

そして、それを持ったまま美那に向き直る。

「はい」

「えっ？　わ、私にですか？」

美那は戸惑って周囲を見渡した。

「うん、驚かせたお詫《わ》びです」

「い、いえいえいえ、なにを言ってるんですか。おこっていただくほど驚かされてないです」

慌てて首を振る美那に、公輝はいたずらっぽく目を細める。

「好きでしょう？　このクッキー」

公輝が差し出したそれは、確かに、ニュージーランドで有名なクッキーメーカーのものによく似ている。チューイータイプと呼ばれる、中がしっとりしたものだ。留学中、美那は好んで食べていた……し、実際、いまでもよく食べる。

「いまはもう、食べません」

精一杯の強がりだった。

四年前から変わらず、食べているなんて、なんだか悔しい。

公輝が覚えていてくれたことが嬉《うれ》しいということも気づかれたくなかった。

「隠すのはやめたの？　自分があの美那だって、認める？」

「……私が認めなくても、確信はあったんでしょう？」

美那が小声で返すと、公輝は頷いた。

「まぁ、顔と声も同じだし、少し雰囲気《ふんいき》は変わったけど、ずっと君を忘れられなかったから、すぐに分かったよ」

忘れられなかった。その言葉に凍りつく。

ココアが抽出されるのを眺《なが》めながら、美那は息を止めた。

「その……、この会社に入社したのは、偶然です。ちゃんと面接だって受けたし、総合職として採用していただきました」

念のため、誤解されないように美那は主張した。

リビング・フロントヤード本社での勤務は第一志望だった。周囲の理解と協力もあり、新卒で就職することができたのだ。

「そうだろうね。お互い、向こうでは名字を名乗らなかった。君は美那で、俺は公輝、それ以上の自己紹介はほとんどしなかったよね」

「そうでしたね」

ここで長く話していられない。美那の用件は終わった。

「では、お疲れ様です」

ちょうどココアが出来上がったので、美那はそれだけを手に、カフェスペースを抜けた。

いまの会話で分かったことは、公輝も美那も、お互いを忘れたわけではないということだ。

だが、それがなんだというのだろう。

公輝はニュージーランドで別れてからの四年間、美那に会いに来ることはなかった。

連絡先を知らないのだから、探せるわけはないと思いつつも、美那はどこかで公輝が自分を探しているかもしれないという考えを捨てきれなかった。

見つけてほしいわけではないのに、探していてほしい。そんな複雑で、自分勝手な感情を持て余しながら、四年間、美那は美那で暮らしてきた。

あの広々とした青空の広がる、緑の美しいクライストチャーチとは違う。

ここは、ビルが乱立し、空が四角く切り取られた東京だ。美那には守るべき場所も、家族もすべてここにある。

四年前とは違う。なにも考えず、なにも怯《おび》えず、留学先で出会った素敵《すてき》な人のそばにいられた当時とは、すべてが違う。

「前川さん」

「はい？」

公輝に呼ばれて振り向いた。

カフェスペースにいる彼は穏やかな光を背負い、こちらを見ていた。

ああ、こういう風景には覚えがある。ニュージーランドでも公輝は光の中にいた。

いまも、美那の思い出の中心に居座り、美那を見守っている。

なにも変わっていない。なにも。

彼は、ひょいと、クッキーを投げた。

「わっ」

咄嗟《とっさ》にキャッチする。

美那はすでに片手に紙コップを持っていたので、結構危なかった。でも、ココアは零《こぼ》れなかったし、クッキーも受け取れた。

それを見て、公輝は嬉しそうに目を細めた。

「じゃあ、お疲れ様。このあとの時間も頑張ってください」

美那はクッキーを公輝に返そうとして、やめた。

これがほかの上司なら、「ありがとうございます」と頭を下げるべきだし、笑顔で受け取った。

公輝だから受け取らないのだとすれば、それはおかしい。

美那と公輝は、他人だ。

会社の平社員の女と、いずれ会社どころか戸ノ崎ホールディングスを率いる男。人生が一瞬交わっただけで、別の個体だ。

「ありがとうございます」

一言告げて、今度こそ、公輝に背を向けた。

美那は息を吸い込む。肺が軋《きし》むような心地がした。

――逃げた。あの日も、今日も逃げてばかりだ。

肝心なところで、勇気が出ない。

美那はそんな自分が、少しだけ、いいや、とても、好きではなかった。

(彼に相応《ふさわ》しい相手にはなれない。そんなこと、私が一番分かっているんだから)

いまでも、はっきりと覚えている。

四年前のあの日、美那が公輝のもとから去ると決めた日のことを。

ホームステイ先の自室の枕の刺繍《ししゅう》の糸を、指で一目一目なぞりながら、美那は言葉を失っていた。

公輝は優しかった。彼の態度に問題があったわけではない。

乃恵瑠に「あなたのパパは優しい人だった」と教えられるくらいには、公輝は誠実だった。

(今後はできる限り関わらないように、距離をしっかり取っておこう……そのうち企画部は出て行くけど、副社長として会社の上層部にいることは変わりないんだし)

ふん、と気合を入れて、胸を張る。丹田に力を入れて、ふうっと意識して細く深く息を吐《は》いた。

そう、避けるつもりでいた。

研修が終わり、公輝自身が企画部から離れたのなら、この広大なリビング・フロントヤードの本社ビルの中で会うことは、ほぼない。

今はただ静かにやりすごそう。

——社用アドレスに公輝からのメールが入っていることに気づいたのは、昼過ぎのことだった。

『前川美那さま
お話がございます。お時間をいただけますか。
戸ノ崎公輝』

一瞬、美那は頭が真っ白になった。ばんっと貸与されているノートパソコンを閉じ、天を仰《あお》ぐ。

「……ま、前川さん？」

隣の席で、音に驚いた岸が首を傾げていた。

「す、すみません。うるさかったですよね」

「それは大丈夫だけど、どうしたの？　珍しいね」

「いえ、その……ちょっと」

岸にあいまいに答えながら、美那はちらり、と窓辺の役職席に視線をやる。

公輝は素知らぬ顔で、パソコンに向かっていた。いましがた、美那にメールしてきたことがうそのようだ。

「……忘れ物を思い出して」

「え、大丈夫？　社宅に戻った方がいいヤツ？　乃恵瑠くんの保育園の忘れ物？」

「あ、いいえ、乃恵瑠の持ち物とかではないので、大丈夫です」

「ならいいけど」

大丈夫。

そう、これは美那が自分でどうにかしないといけないことだ。

忘れ物、四年前に置き忘れたもの。

その回収は、自分にしかできない。

岸に、ランチ休憩は少し長めにとると伝えて、美那は戦に備えた。

念には念を入れ、会社から離れたカジュアルなイタリアンレストランの個室を予約した。

美那は入店の時間もずらして指定していたが、公輝もそれにならって入店してくれた。

「お待たせ」

公輝は個室に入って、向かいに腰かける。先に入店していた美那はメニューを差し出した。

「いえ、お呼びたてしまして。手短に終わらせますので」

公輝の顔を見ずに、頭を下げる。

だめだ、目を見てしまえば、乃恵瑠よりも薄い琥珀色の瞳を目の当たりにする。

そして、その目が、自分を見ていることに安堵さえ覚えそうで、そんな自分がいやだった。

「ランチは注文したの?」

「……いえ」

「じゃあ、まず、食事をしよう。前川さん、顔色が悪い。ちゃんと食べないと」

あなたのことをずっと考えていて、食欲がないだけです。という言葉は呑《の》み込んだ。

美那が黙っている間に、公輝が流れるようにオーダーする。

本日のランチセット二千五百円。

正直、普段なら絶対に食べない価格帯のランチだ。かなり痛い出費だが、公輝と会っているところを誰にも見られないように、という安心代だ。

美那はリゾットランチを、公輝は鴨《かも》のコンフィのランチを頼んだ。

これだけ高いランチだ、公輝のことは無視して、味わって食べよう。

そう決意するものの、そんなにうまくいくはずもない。

子どもが生まれてから、こういうカジュアルなレストランでも、ゆっくりと食事をすることはなかった。

乃恵瑠はおとなしい子だけれど、まだフォークやスプーンで食べるのがやっとで、目を離してはいられない。外食しても、ファミリーレストランやファストフードばかりだ。

もう少し大きくなったら、近所のレストランで乃恵瑠の誕生日のお祝いをしたい。

そんなことを考えていた美那に、公輝が首を傾げた。

「……怒っている？」

「え？」

急に話を振られて、単純に戸惑った。

「社内メールで呼び出したこと」

「それは、そうですね。誰が見ているか分かりませんし、今後は控えてください」

メールを受け取った瞬間、ぎゅっと心臓が握りしめられた心地になった。

美那の言葉に、公輝が苦笑する。

「でも、こうでもしないと話せないよね？」

公輝はテーブルの上を、コンコンと指先で叩いた。

「……君を忘れたことはなかった」

「四年も会ってないのに……？」

「君はなにも言わずに姿を消した、その意思を尊重したんだよ」

美那は、うっと言葉に詰まった。

「調べようと思えば、金を使って、どうにかして探し出すことはできた。でも、それはしなかった。美那にも、きっと事情があったんだろうって考えたから」

そのとおりだ。

あの日、美那は黙って姿を消した。

公輝はニュージーランドで過ごした日々の最後、先に帰国する美那を見送るために、市内のバスエクスチェンジで待ち合わせた。

しかし、その場所に、美那は行かなかった。

そもそも伝えていた帰国便の時間もうそで、待ち合わせの時間には、すでに美那はクライストチャーチ国際空港から成田《なりた》空港への飛行機に乗り込んでいたのだ。

つまり、わざとだ。彼を避けて、遠ざけた。帰国と同時に姿を消すことを選んだ。

公輝はその時のことを言っている。それも責めるような口調ではなく、淡々と。

自分勝手だとは思うが、なじられた方が、どれだけ楽だっただろう。

美那は俯《うつむ》くと、内心でため息を吐《つ》いた。

「確かに、私は約束を破りました。戸ノ崎さんは私を送ると言ってくださいましたが、私は、連絡を絶ったまま帰国して、いまに至ります。そのことに関しては謝罪します」

「美那、こっちを向いて」

「いやです」

「美那……」

再会するとは思っていなかった。

公輝との思い出は、ニュージーランドの風景とともにトランクに閉じ込めて、ぎゅうっと封じた。

美しい国に似合いの、きれいな恋だった。

公輝はひたすら美那を大事にしてくれた。

ハグレィパークを見下ろせるホテルのスイートルームの窓辺で、何度キスをしたことだろう。

柔らかなベッドにふたりで寝転がって、くすくすと笑い合った日もあった。

だが、全部、全部、捨ててきたのだ。

あの国に、あの街に。帰国直前に鳴ったひとつの電話を契機として。

「私は、身分が違います」

美那はゆっくりと告げた。

「身分って……なにを言ってるの。俺だって普通の人間だ」

公輝は眉を寄せる。

「御曹司って普通の人間なんですか？　値下げシールの貼ってあるお惣菜買います？」

美那はわざと意地の悪いことを言う自分が、とてもいやになる。

「……買うこともあるけど、そもそもスーパーでお惣菜は買わないから」

「自炊好きでしたもんね、クライストチャーチのホテルでもよくミニキッチンでご飯を作ってくれました」

「う、うん」

「私は値下げシールの総菜も買いますし、見切り品の野菜も買います。コンビニの値下げのワゴンも絶対に覗《のぞ》くし、節約は大事です」

「……美那？」

「私は、あなたには釣《つ》り合わないんです」

公輝は悪くない。申し訳ない。それでも、平穏な生活のためには、彼を遠ざけなければ。

「釣り合わないなんて、誰が決めたの？」

「……私です」

「違うね。なにを隠してるの？」

公輝はぐっと体を倒し、美那を覗き込もうとした。

「クライストチャーチにいた時に、君はそんなことを一度も言わなかった。自分でそんなことを思うなんて、俺には思えない」

「……大理石のバスルームのスイートに連泊している人と、ホームステイで毎日一ニュージーランドドルのクッキーをランチの代わりにしていた留学生ですよ……。あなたが戸ノ崎ホールディングスの御曹司だとはさすがに知りませんでしたけど、私とは住んでいる世界が違うのは分かってました」

「美那。顔を上げて」

公輝は懇願するような声音だった。胸がちくりと痛んだが、美那は動かなかった。

その姿を見て、彼が席を立つ。

テーブル沿いを歩き、美那のすぐ横に片膝をついた。プレスラインのしっかりとしたスラックスが汚《よご》れることも気にせずに。

下から覗き込んできたその瞳は、少し赤い。

「どうして、そんなに泣きそうな顔をしているの。美那」

「……戸ノ崎さんこそ、目が赤いです」

「自分の愛した女性に、ここまでこっぴどく二度もフラれたら、目くらい赤くなる――本当はなにがあった？　俺には言えない？」

「なにも。……なにもないです」

答える美那の声は震えていた。

なにも。なにもないはずだ。

だって、ただ、怯んだだけだ。

帰国の直前、公輝の父親から、美那の海外契約の携帯電話に連絡があった。

――公輝のガールフレンドかな？　公輝がお世話になっているね。

品のある男性の、張りのあるバリトンの声。

美那のことを、調べたのだ。海外にいる息子が、そこで出会った女のことを。

なにを話したかはよく覚えていない。ただ、公輝の父は、これからの公輝の将来に期待をしていることは分かった。

ああ、だめだ。心が折れる。

携帯電話を握りしめて、美那は自分の心が折れる音を聞いた。はっきりと。分かっていた。

公輝は別の世界の人間だ。

美那と隣を歩いて、笑い合えるのもここが日本ではないからだ。

誰も、美那と公輝のことを知らない世界、不釣り合いだと笑われない世界。

夢は、終わる。目が覚める、その時間がやってきた。

公輝の父の声は、公輝の声に似ていた。彼はきっとこんな風に年を取り、こんな声になるのだろうと、自然に思わせる。

電話を受けた時、美那はホームステイ先の自室にいた。ベッドに腰かけて、ピローケースの刺繍を指でなぞっていた。縫い目を数えて、息をひそめて。

「……ごめんなさい、私は留学先で羽目を外しただけなんです」

「嫌いになった？　俺は美那になにかしてしまった？」

ゆるゆると美那は首を振る。

「嫌いになって俺のもとを去ったのなら、はっきり言ってほしい。それなら、つきまとうようなことはしないよ」

言うべきだ。

そのとおりだと、嫌いになったから、去ったのだと。

旅先の思い出として終わらせただけで、もうなにも思っていないのだと。

美那は意を決して、また顔を上げた。すがるような琥珀色の瞳が、美那を見つめている。

悲しみをたたえ瞳が、美那だけを映して、言葉よりもなによりも彼の感情を伝えてくる。

彼は、いまでも、あんな去り方をした美那と向き合おうとしてくれている。

「……俺は、こうして再会できたことを偶然だと思いたくない……また君と歩いてゆけるチャンスをくれないか？」

＊

「ママ……？」

シーリングライトのオレンジライトをつけたまま、布団の中で寝そべっている美那の腕の中で、乃恵瑠が不思議そうに声を上げた。

乃恵瑠のお気に入りの絵本を開いていたが、美那の読み聞かせは止まっていた。

「ああ、ごめんね、乃恵瑠……続き読まないとね」

「ママ、どうしたの？　いたいいたい？」

乃恵瑠の小さな手が美那の前髪をぽんぽんと撫でた。優しい手つきに、ふっと笑みが零れる。

乃恵瑠は一人っ子だが、保育園でよくほかの子の面倒を見ていると、担任の保育士が美那に教えてくれた。昼寝の時間に眠れない子がいると、一緒に横になり、その背中を撫でているそうだ。

実家を出るまでは、美那の両親と四人暮らしだったが、いまでは母子ふたりきりだ。

だから、乃恵瑠の仕草は、家でどんな風に過ごしているかとても分かりやすくて、安心して見守っていますと、面談の時に美那を励《はげ》ましてくれた。

シングルマザーとして子どもを育てていることは、美那のエゴだと言われることはある。

さらに言えば、学生の間に未婚で出産したことで、友人だと思っていた相手が続々と去っていった経験もある。残った友人はそう多くはない。

それはそうかもしれない。

美那は高校大学とお堅い女子校に通っていた。中には家柄がいい子もいたし、身持ちの堅い子も多かった。男性と遊んでいた子もいたけれど、美那は長い間、そういう派手な子たちとは距離のある、クラスの中の目立たないひとりでしかなかった。

そんな美那がたった三か月の短期留学から帰ってきた途端、未婚の母となると決めたのだから、周囲が驚いたことは理解ができる。

自分も、『向こう側』だったら、同じように驚いて、どんな風に対応するべきか悩んで、距離を置いただろう。

（……でも、）

美那は乃恵瑠をぎゅっと抱きしめた。赤ちゃんの時のような、不思議な甘い匂いはしなくなったけれど、十分に心地よい、愛らしい匂いがする。

あんなに小さな赤ちゃんだったのに、もうここまで大きくなった。ちぎりパンみたいにぷっくりしていた腕も、だいぶスマートだ。着ているパジャマはお気に入りのキャラクター柄《がら》で、デフォルメされた恐竜が最近、とても好きらしい。

乃恵瑠の柔らかな頬に、美那は自分の頬をくっつけた。おもちのような、マシュマロのような不思議な感触。

乃恵瑠がきゃっきゃと声を上げる。

（後悔はしてない……、この子を守らなきゃ）

「大好き、大好きだよ、乃恵瑠」

「うん、ママ、だいすき」

少し濃い琥珀色の瞳に、微笑む自分の顔が映り込んでいる。零れ落ちそうなほど大きな目。

乃恵瑠は、美那の大事な大事な宝物、だ。

＊

戸ノ崎公輝にとってみれば、美那という女性との出会いと別れは人生において、特別なことだった。

サヨナラだけが人生だ。

そう言ったのは井伏鱒二《いぶせますじ》だったか。もっとも、もとは漢詩の意訳なのだから、井伏鱒二の言葉と呼べるのかは分からないが。

公輝にとって、まさに、サヨナラだけが人生だった。

二十八年間、慎重に慎重に生きてきた。戸ノ崎家の総帥の息子として生まれ落ち、兄弟は年の離れた妹だけ――それも、まだ七つだ。それまでは兄弟がいなかったので、公輝はずっと、戸ノ崎家を背負い立つものとして育てられた。

教育方針はひとつだけ、広い視野を持て。物心ついたころには海外支社の支社長として辣《らつ》腕《わん》を振るう母について、いくつかの国を転々とした。

そんな日々の中、大学二年生の時にアメリカの大学を一年休学し、世界旅行に出かけた。

ニュージーランドはその中の一国だ。

特段思い入れもなく、国鳥であるキーウィを見るだとか、南島のテカポ湖に行くくらいしか予定はなかった。

自然が豊かなニュージーランドでは様々なアクティビティが有名だといっても、スカイダイビングもバンジージャンプも、割とどの国でもできる。

なので、初めは南島最大の都市、クライストチャーチにひと月、テカポ湖に半月、北島最大かつ国内で最大の都市オークランドにひと月、首都ウェリントンに半月と滞在の予定を決めていた。

美那と出会ったのは、クライストチャーチについて三日後のことだ。場所は中心地から少し離れたリカトゥン。

そこにはひとつ、特徴的な観光地がある。

リカトゥンハウス&ブッシュ。

その名のとおり、家と木立だ。ただの家ではなく、ニュージーランドへの入植当時の家と、原生林が保護されたその場所は、住宅街のただなかにあり、市民もよく訪れる観光地でもあった。

ニュージーランドは映画のロケ地としても有名な国だ。

ただし、ファンタジー映画に出てくる広大な森などは、ニュージーランドの北島で撮影されていることがほとんどだ。南島にあるクライストチャーチで、その雰囲気が味わえるのは、このリカトゥンのブッシュだけなのだ。

入植当時の家は展示のブースとは別に、レストランとしても営業している。ブッシュの観光ついでに食事をしようと立ち寄った時、美那と出会ったのだ。

突然、公輝の視界をラグビーボールが横切った。ボールが行った方向に視線を向けると、十数メートル先で凍り付いている美那がいた。そのさらに向こうには、にやにやと笑っている高校生三人組が、彼女を見ていた。

黒髪で細身な彼女は、確かに幼く見えたが、同じアジアンなので分かった。成人はしているだろう。地元の高校生に絡まれる外国人観光客。

正直言って、胸糞《むなくそ》悪い。どう見ても、わざとだ。

公輝はいらいらしながら、足元のラグビーボールを掴《つか》むと、皮肉を言いながら高校生たちに投げ返した。

アジア系とはいえ、公輝は自身の体格がいいことを理解していた。アメリカでも、背が低い方ではなかったので、高校生くらいには体格では負けない。

幼い旅行客をからかっただけのつもりの高校生たちは、英語に不自由する様子もなければ、体格のしっかりとした公輝の出現に、一気に旗色が悪くなったことを察したのだろう。

バツが悪そうな様子ですごすごと帰っていった。

それでも凍りついたままの彼女に、公輝は声をかけた。

——大丈夫？

ぱっとこちらを見た美那の一瞬の表情。彼女の大きな瞳は困惑に揺れていた。

きれいだと、素直に思った。

もっと整った容貌の人間は、それまでもたくさん見てきた。

ハイスクール時代のクラスメイトにはモデルをしていた子もいたし、俳優の卵や、セレブリティの子どもたちとも付き合いはあった。

なにより、うぬぼれに聞こえるだろうが、美形ならば鏡を見れば事足りる。両親ともに美男美女の呼び名をほしいままにしていた夫婦であり、その子どもである公輝も、両親のそれぞれの美しいところを、バランスよく受け継いでいた。

美那の美しさは、そういうものとは、違った。

彼女は公輝が見たことがないほど、きらめいて見えた。

瑞々《みずみず》しい生命力もあるのに、どこか触れたら融けてしまいそうな雪のような儚《はかな》さもある、不思議な輝き。

そんな彼女の瞳の純粋さに、胸を打たれた。

なんて、きれいな子だろう。

真っ直ぐと公輝の瞳の奥を見つめてくれる、純真なまなざし。

あの目の輝きは、いまでもはっきりと覚えている。

「どうした、にやにやして」

公輝は、後ろからかけられた声に、驚いて振り向いた。

副社長室の扉を開けて入ってきたのは、恰幅《かっぷく》のいい壮年の男性だ。顔立ちは公輝にどことなく似ている。

「……社長」

そう呼ぶと、相手はにやりと笑った。

「ふたりきりの時は叔父さんでいい、公輝」

「もう子どもじゃないですよ、それに社内です」

「そうかぁ？　思い出すぞ、お前が七五三の時、千歳飴《ちとせあめ》を神社で落として泣いてたっけな」

社長こと、戸ノ崎信人は公輝の叔父だ。

父である会長の双子の弟であり、右腕。叔父はグループ企業の中で、業績が悪い子会社に異動しては、業績をV字回復させてきた請負人として高名な男だ。

表立って口にはしないが、父のように総帥として戸ノ崎ホールディングスの安定をつかさどるよりも、叔父のように必要とされる現場で業績改善を果たす、そんな働き方に公輝は憧れている。

「どうだ、企画部は」

「さすが、社長の肝いりの部署ですね。自律的ですし、とても成果が上がっていますよね」

「だろう?」

満足げに社長が笑った。

「本社みたいに硬直した巨大企業にはならんように気をつけてるからな。流動性が低くなると、今時は優秀な人材からベンチャーなり外資なりに転職してしまうだろう。それは会社としての損失だ」

「本社は伏魔殿《ふくまでん》ですからね」

戸ノ崎ホールディングス全社を取り仕切る戸ノ崎本社は、魑魅魍魎《ちみもうりょう》たちのパワーゲームだ。ホールディングス各社の人間がしのぎを削り、そして、様々なパイを奪い合う。上に行くにも下に行くにも地獄。

ホールディングスの根幹を担《にな》っているといえば聞こえはいいが、その体質は自由とは程遠《ほどとお》い。ある種お役所的であり、そのトップには自分の父が座っている。

いずれ、総帥の地位に自分が望まれていると分かっているが、向いているとは思えなかった。

しかし、向いている向いていないは関係がない。それが役目だ。

戸ノ崎の長子に生まれた宿命。

公輝の形のいい薄い唇から漏《も》れた笑いは、どこか苦笑めいていた。

「俺は社長の方が、より得難《えがた》いことをしていると思いますよ。何社目ですか、ホールディングスの企業を立て直したのは」

「んー。まだ両手で足りるぞ。お前の父さんがホールディングスに合併させた会社の方が、明らかに多いさ」

公輝が新卒で配属されたアメリカのカリフォルニア支社から、日本本社ではなく、リビング・フロントヤードへ配属になったのは、そこに戸ノ崎信人がいるからだ。

父は、早くから家業を継いだ分、体が元気なうちは第一線を退く気はないと言っている。実際仕事が好きだというのもあるが、父自身が自分が会長として若い身空を過ごし、それだけ苦労したから、息子にそんな思いをさせたくないという親心が大きいのだと、公輝は気づいていた。

総帥となったら、強い風を受けるだろう。ホールディングスのトップで、旧財閥の当主。割り振る采配のひとつで、あまりに多くの人間の運命を左右してしまう。

そんな人生が自分に待っていることを、公輝も理解している。

「どうだ、慣れてきたか。社務は」

「なんとか」

「んん？　どうした、なんだか楽しそうだなぁ」

皮肉か本気か、公輝には判断がつかなかった。

「楽しいですよ、毎日」

うそではない。

毎日、彼女が目の前にいる。

四年前にするりと逃げてしまった妖精のような女性。あのころより、かなり落ち着いた雰囲気をまとった美那は、公輝の視線を惹《ひ》きつけて仕方ない。

今度こそは。

今度こそは、彼女を現実に手に入れる。

公輝は少しだけ口角を上げて、笑った。

第三章

人の行きかうクライストチャーチの街中で、美那《みな》は日本語で「すみません！」と声を張り上げた。

――あの、あの……これ、この間のお礼ですっ。

勇気を出して、恩人の前に飛び出した。

そして、バッグに、ここ数日忍ばせていたギフトボックスを取り出す。

クライストチャーチの中心地、カテドラルスクエア。そこで開かれた土曜日のマーケットで、人混みの中、彼を見つけた。

彼は美那を見て、きょとんとしていたが、すぐに「ああ、あの時の」と笑ってくれた。

やっぱり、とても美しい人だ。

――あの時は助けてもらったのに、動揺して、お礼もちゃんとできなくて。

――いいよ、驚いただろうし。あれからは大丈夫？

美那はこくこくと頷《うなず》く。

――日本語が通じるってことは、日本人なんだね。

――はい、交換留学生で、英語は……得意じゃないんです。全然。

そもそも美那は、留学したいという気持ちがさらさらなかった。

高校時代も真面目《まじめ》に英語を勉強してはいなかった。試験前に一夜漬けに近いレベルだったし、お世辞にも英語ができるなんて言えない。それまで海外旅行に行く機会もなければ、行きたいと思ったこともなかったので、パスポートも今回のために初めて取ったくらいだ。

そんな中で、公輝《こうき》と出会った。

彼は、再会したカテドラルスクエアから、ハグレイパークに向かって歩いて数分の五つ星ホテルにロングステイしていた。ホームステイ先に招くわけにもいかないので、公輝と会う時は大体カテドラルスクエアの近くで集合し、ハグレイパークを散策したり、近くのカフェで過ごしたりした。

彼との時間の中で、一番思い出に残っていることは、テカポ湖への遠出だった。

世界一美しい星空として有名な土地だ。

テカポ湖はガイドブックで知って行ってみたいと思ったけれど、機会もお金もないので、美那が諦めていた場所だ。

このころには出会ってひと月ほど経っていた。毎週末に会っていたが、平日の夜にもぽつぽつと予定を合わせて会うようになった。

それまで、ホストファミリーと外出する以外では、出かけなかった美那の変化に、彼らは喜んで外出を許可した。門限を守ること。それだけを条件にして。

友達ができたのね、と喜ぶホストファミリーに、公輝との詳しい出会いを語ることはできなかった。英語の語彙《ごい》が豊富ではなかったこともあるし、公輝との関係を上手に言葉にできない自信があった。

自分は、随分と公輝に甘えている。そういう自覚を、美那だって持っていた。

助けてもらったその時から、公輝は美那にとって特別だった。

あんなに素敵《すてき》な人だ。きっと美那のように彼を慕《した》う人はいるだろう。そんな人が、自分を優先してくれていることが、本当に嬉《うれ》しかった。

公輝はどこで待ち合わせても、必ず美那を見つけてくれた。

モデルのようなスタイルと美貌の彼が、美那を見つけると笑って駆けよってくれる。

美那は、どこにでもいる平凡な子だった。家族仲も、ごくごく一般的な範囲で、よく親子ゲンカをするものの、深刻なケンカの経験はない。

いままでの人生の中で、ほとんど冒険をしてこなかった。ずっと、安全な庭の中で暮らしていた。柵の外の世界に出たいと思うこともなく、ニュージーランドに来ても、その気持ちのまま過ごしていた。

公輝に出会うまでは。

あの日から、美那は柵の向こうにいる公輝に惹《ひ》かれる自分を理解したし、その自分の感情に振り回されないように、気をつけなければならなかった。

期待をしすぎないように、公輝にはもっと大事な人がいるはずだと、自分に言い聞かせていた。

そんな中、公輝がテカポ湖に誘ってくれたのだ。

――今度の金曜日の夜から、テカポ湖に行かない？　君の学校が終えてから、車で迎えに行くよ。

公輝の提案に、美那はカフェで飲んでいたコーヒーを吹き出しそうになった。

――テカポ湖に知り合いの別荘があって、そこをいつでも使っていいって言われていて。よかったら、星を見に行かない？

美那にホストファミリーと決めた門限があることは、公輝も知っている。というよりも、今回は門限どころではない、外泊だ。

そんなことを、ホストファミリーに説得できる語彙を美那は持っていない。

それに、これはふたりの間にあった、なんらかの境界線を踏み越えてしまう。

クライストチャーチの観光名所を回りながらも、お互いの間には距離があった。片腕ほどはないけれど、肘から手くらいの。

その距離を飛び越えようとしてくれているのだ、公輝が。

気まずい沈黙が満ちた。

公輝も自分で言い出した手前、引っ込みがつかないだろうし、美那も拒否するには「行きたい」という気持ちは無視できないくらいには大きかった。

どうしよう。

そう思案する美那の視界に、公輝の手が映った。

どこでも美那の椅子《いす》を引いてくれ、扉を開けてくれる手。

その手が、微《かす》かに震えていた。

緊張しているのだ。

失礼かもしれないが、ふっと美那の中のなにかが解《ほど》けていった。公輝も美那を誘うことにこんなに緊張するんだと思うと、肩がすとんと落ちて、気がつけばこくりと頷いた。

──行きます。ずっと行ってみたかったんです。

──やっ……た、そっか……よかったぁ……

公輝は噛みしめるように言った。そして、くしゃくしゃの笑顔を美那に向けた。

──ふ、ふふ……

──え、どうかした？

──なんか、公輝くんもそんな風に笑うんだなって思って。なんだかおかしくなっちゃって。

公輝は照れた様子で、それ以上はなにも言わなかった。

ただ、はにかんだ表情は、いつもの異国の地でも堂々とした彼よりも幼く年相応に見えて、とても嬉しかった。

テカポ湖に向かう許しを、美那は自力で取ることにした。大学の宿題を終えてから、英和辞典を引き、スピーチ文のようなものを作成した。初めは、公輝が「俺が頼もうか？　顔を合わせた方が安心だろうし」と言ってくれたものの、美那はそれを固辞した。

公輝が勇気を出して誘ってくれたのだから、自分も頑張らないと。公輝がホストファミリーと話すのが一番効率的だろうが、美那も学生とはいえ成人した大人だ。自分できちんと話をしたい。

美那は夕食のあと、デザートを食べている間に、スピーチした。

男友達と、テカポ湖に旅行する。それを、たどたどしくも一生懸命な英語で伝える。

全員黙って話を聞いてくれていたが、美那が「どうかな？」と尋ねると、わぁっと声を上げた。

ホストファザーにはかなり渋られたし、ホストマザーには公輝について質問攻めにされた。そこの家の七つの娘は「その彼氏はどのくらいホットな人？」とおませな爆弾を炸裂させ、美那は真っ赤になるしかなかった。

普段は物静かであまり主張しない美那が、英語で自分の意思をはっきりと伝えたことに、ホストファミリーは感激したようだ。

最終的には、当日に公輝が迎えに来る時にちゃんとあいさつをすることと、向こうに到着した時、出発する時にホストファミリーの家に電話するという条件で許可が下りた。

──わたしたちには、日本のご家族から、君という大事なお嬢さんを預かっている責任がある。

そう言って、彼らは美那をハグした。美那も、ぎゅうっとハグをし返した。

出会ってひと月の男と外泊しようなんて、自分の中では信じられないことだ。それに、こんな風に自己主張して相手が折れるまで粘《ねば》ったことも初めてだった。

私のことを誰も知らない、誰も知らないからこそ、自分から動かないとなにも始まらない。

＊

思い出は美化されるとは言ったものだが、四年ぶりに再会した公輝は、あのころよりも随分と大人びて、魅力的になっていた。

クライストチャーチでは、カジュアルなファッションをしていたということもあるだろうが、それだけではない。恐らく四年の間、彼がそれだけ充実した社会経験を送っていたという裏打ちだ。

美那が逃げ、乃恵瑠《のえる》を産み、必死で駆け抜けた四年間、公輝は海外で、様々な経験を積んでいたのだろう。

日本を代表するような化粧品メーカーの本社ビルの中でも、彼は堂々としている。

「はじめまして、リビング・フロントヤードの副社長として着任いたしました、戸ノ崎《とのさき》公輝と申します。現在、企画部で目下社業を学んでおります。今日はこのように、担当者の前川《まえかわ》に同行することをお許しいただき、ありがとうございます」

公輝は、大手化粧品メーカーの会議室でさわやかにあいさつをした。

相手も一瞬ぼうっとしていたが、すぐに会釈を返し、公輝と美那に着席を促す。

（……分かる……分かるよ……、こんなイケメンの副社長が出てきたら、それは飛び道具だよね）

この化粧品メーカーとの企画は、初めて美那がメインで担当することになった企画だ。いまではメジャーになりつつある、プライベートブランドとナショナルブランドのコラボラインの企画のひとつに、立ち上げから美那が関わっている。

もちろんサブで岸《きし》やほかの先輩もチームとして関わっているが、調整や判断は美那に任されている。

今日はその打ち合わせに、公輝が同行することになった。主任からそう言われた瞬間、悲鳴を上げそうになったが、会社員たるもの、主任の意見に「いやです」と言えるわけもない。

ありがたいことに、彼はみんなの前で自分たちの関係を匂わせることはしない。

特別目が合うこともなく、あいさつは平等にし、立ち話なども、そばにいれば美那にも話しかけてくれることがある程度だ。

その度に、美那は内心ひやひやしたが、公輝は表情のひとつも変えない。

いまもそうだ。美那は、目の前に取引先、そして、横には元カレかつ子どもの父親である副社長がいる。緊張しないわけがない。

しかし、公輝は完璧な笑顔で、泰然としている。

「前川さんには企画が動き始めた時から尽力いただいて、わが社としてもとても助かっています」

公輝はにこやかに頷く。

「そうですか、それはよかったです。こちらの企画は……ええと、すべての女性が使えるフレグランスオイル……でしたね。香水ではなく、ボディオイルのラインで」

「はい。日本では香水をつける人も少ないですし、特に子育て世代の方は倦厭《けんえん》しがちな印象があります。なので、まずはボディオイルなどの使いやすいアイテムから、少しずつ浸透していくといいなぁと……、そういうコンセプトで前川さんと話しています」

「なるほど。確かに、わたし自身学生時代はほとんど海外にいたのですが、向こうの人は男女問わず香水をつけてる方が多かったですね。わたし自身もつけています」

「ああ……確かに」

美那は小さく頷いた。

クライストチャーチで一緒に過ごしたころも、彼は香水をつけていた。それまで香水に苦手意識を持っていたが、公輝の香水は平気だった。

この企画に携わるようになって知ったことだが、香水は適量を見極め、肌の上にのせて、その人の体臭とマッチするかどうか、それが大事になってくる。

単純にいい匂いがするだけでは、本当に合う香水かは分からない。

賦香率《ふこうりつ》という、アルコールに溶かした香料の割合によっても、つける場所などを考慮する必要があり、体温や生まれ持った本人の体臭によって、香水の響きが変わる。

そのことを知ったのは、公輝と出会ったからだ。

美那は公輝を振り向いた。そして、控えめに彼の匂いを嗅《か》いだ。

記憶の中の彼とは、違う気がする。

革のような匂いがする。それに微かな柑橘《かんきつ》系のさわやかな香り、恐らくトップノートにベルガモットかオレンジが使われている。

「いまも、香水つけられてますよね……なんだろう、シプレー系ですよね、レザーノートかな」

「……前川さん、少し恥ずかしいよ」

「え？」

言われて、はっとする。

公輝は微かに眉を下げ、美那の顔の前に両手を広げて、ストップをかけていた。

「あ。す、すみません……！　お、お話を戻してください」

美那は真っ赤になって、一気にあとずさる。公輝はごほんと咳ばらいをした。

それを見て、先方は「ふふ」と短く笑った。

「前川さん、いつも落ち着いていらっしゃるから、そういう一面はなんだかかわいらしいですね」

「か、かわいらしいですか？」

先方に言われて、美那は困惑した。なんと言っていいか分からず、目をしばたたかせる美那の横で、公輝は頷いた。

「そうですね、とても素敵な自慢の社員です」


今回は打ち合わせというよりは、あいさつに出向いただけだったので、深い話には進まず、美那はほっと胸を撫《な》で下ろした。

この企画を美那が任された理由を、公輝に知られずに済んだ。

コンセプトは、『どんな女性にも使いやすいフレグランス・ボディオイル』である。元の企画名は『ママでも使いやすい』という枕ことばだった。

香水に対してなじみのない若年層、かつ育児中でも子どもがいても使いやすい商品を開発したい。そういう層の意見が分かるだろうとのことで、美那に白羽の矢が立った。

自分の人生がこうして役に立つことが、とても嬉しかった。

美那はまず初めに、『ママ』という言葉ではなく、もっとターゲットを広げ使いやすいものにしたいと訴えた。その方がより多くの人に響くはずだ。美那はそう自信があった。

「疲れた？　このあと直帰だけど、どこまで送ろうか？」

公輝が運転する社用車の助手席で、シートベルトを締めている美那は、尋ねられて顔を上げた。

「近くの駅まででで結構です」

公輝はハンドルにもたれかかるようにして、こちらを見ていた。

公輝が頬に柔らかな笑みを浮かべている。こうして不意に見せる、過去の残滓《ざんし》に心が揺れてしまう。美那はきゅっと口をつぐんだ。

「緊張しないわけないよね。俺も一緒だし、取引先の前だし」

「はい……それは、そのとおりです」

「美那は、ずっとこの距離のまま俺といるつもり？」

「え……？」

「さすがに俺も知りたいんだよね。どうして美那が、あの時俺を置いていったか……とかさ」

「……それは……申し訳ないことをしたと思っています」

卑怯《ひきょう》な真似《まね》をした。身を引くしか選択肢が浮かばなかったとはいえ、公輝からすれば手酷《てひど》い裏切りだったことは、想像しなくても分かる。

逆に、自分が公輝の立場だったら、どれだけショックだろうか。

どんな言葉も甘んじて受けるしかない。それは覚悟している。

「謝罪が欲しいんじゃない。どうして君があの日、俺を置いていったか。それが知りたいんだ」

「……私について、なにか調べましたか？」

彼は乃恵瑠のことを知っているのだろうか。

公輝自身がこれまで美那の身辺調査をしていないと言っていたが、同僚の誰かから、乃恵瑠の存在を聞かされている可能性もある。

「この間も言ったけど、調べてない。短い付き合いの中でも、美那が真面目な子だっていうのも分かってた。だから、きっと事情があるんだろうって、諦めようとしてきた。俺は、多くのことをそうやって割り切っていくしかなかったから……」

公輝のハンドルを摑《つか》む手に力がこもった。

「美那が黙って姿を消すっていう選択をしたのなら、尊重しなければって何度も何度も自分に言い聞かせたよ。正直、自暴自棄になった時もあった。といっても、立場もあるからね。俺のことを引きずり落としたい人間なんて山ほどいるから、羽目を外しすぎるわけにもいかない。家でひたすら酒を飲むくらいしかできなかった……でも、それも長くは続かない。君のことを思い出すだけだった」

公輝の琥珀《こはく》色の瞳が悲しげに曇る。

美那はぎゅうと手を握りしめる。そうしないと、自分の立場もわきまえず、彼の頬に手を伸ばしてしまいそうだった。

その横顔は、美那が好きだったあのころの公輝となにも変わっていない。少年の面影を残した、初恋の人のままだ。

「一番簡単だった現実逃避は、仕事に逃げることだ。そうすれば、美那と過ごした日々を忘れていられたし、時間も過ぎるのが早かった。成果も、数字で出てくる。そういう面は、俺の性格にも合ってたんだろうね。君を思い出しても、仕事に打ち込むことでごまかした。おかげで、日本に帰ってくる予定は大幅に早まったんだ」

「公輝くんが戸ノ崎ホールディングスの方だなんて、本当に知らなかったんです、何度も言いますけど、第一志望の会社ではありましたけど、偶然です」

「分かってるよ。それに、美那が俺になにか、そういう身分をバックにした見返りを求めていたなら、きっとあの時に姿を消してはいないと思ってる。……それに俺も、自分が何者か君に知られたくなかったから、口にしたことはなかったしね。君も聞かなかった」

聞かなかった。

そう、美那は公輝になにも聞かなかった。いつまでクライストチャーチにいる予定かということすら。

ただただ、公輝と一緒にいる時間が楽しくて、それが続けばいいと願っていた。

王子様みたいだったから、公輝は。

彼の正体を聞いておけば夢なんて見なかったのかもしれない。

公輝と自分のロマンスなんて想像もせず、そのまま思い出の中に埋没していくだけの些末《さまつ》な出来事になっただろう。

けれど、美那は夢を見たのだ。

バスの中から、きらめく水平線を眺《なが》めた日もあった。美那の肩にもたれて、公輝は小さな寝息を立てていた。思えばあれは狸《たぬき》寝入りで、美那もそれを分かって受け入れていた。

そういう不作為がたくさん積み上がって、夢を見た。

身分が違う。日本には身分制度はもうないけれど、恐らく時代が違えば顔も見ることができないほどの相手とも、海外でなら自由に愛し合えるのではないかと。

いまでもあの水平線のきらめきを、思い出すことができる。

「……美那、泣かないで」

「泣いてません」

「それでも、泣きそうに見える」

公輝は言い切った。

自分の顔を見ることはできない。美那は自分がいま、どんな顔をしているのか確かめるすべはない。

「泣くことは、好きじゃないんです」

「うん。君が泣いたところを見たことがない。なにかあったら、我慢するんだろうって、ずっと思っていた」

「私は……うまく自分の気持ちを言えません」

「うん」

「でも、自分の行動に責任を持ちたいとは、思っています」

公輝のもとを去った過去を、変えることはできない。

美那は公輝に頭を下げた。

「理由はひとつです。夢から覚めるのが怖かった。あのまま、付き合い続けることはできないと思った。それ以上でも以下でもありません。私はただの卑怯な女子大生だったんです」

身を引く。

優しい言葉で言えばそうだが、簡単に言えば、美那は逃げたのだ。

公輝から。そのあとに待っているだろう、困難と絶望から。

おとぎ話のおしまい、その先は、誰も知らない。

美那は日本で、同じように公輝と過ごす自分を想像できなかった。

あれは、あの街で、あの空気の中でできたことだ。

「じゃあ、夢は続いたね」

「え……？」

「夢から覚めるのが怖かったって言ったよね。また出会った、ならもう一度夢を見ればいい」

「……む、無理ですよ、なに言ってるんですか？」

「どうして無理だと思うの？」

「ここが日本だからです！　あの時みたいに私は自由にはなれません」

乃恵瑠もいる。ひとりで産んで育てると決めた。

それが、美那の選択で、決断だ。

「送っていただかなくて、結構です。ここで帰ります」

「帰るって、どうやって」

「安心してください。定期圏内です」

自転車通勤なので、定期圏内なわけがない。咄嗟《とっさ》にうそをついてしまった。

公輝は、車を降りる美那を止めなかった。

――……彼がそうやって、美那の意思を尊重してくれる人だということを、誰よりもよく知っているのは、自分だ。

自分勝手にも、視界が歪《ゆが》む。

嫌いだと、迷惑だと、突っぱねる勇気もないくせに、駄々《だだ》をこねていることは分かっている。

小走りで道を行く。

駅の方面がどちらかなんて分からないけれど、さも、迷いもないように足を進める。

空の端は、白くかすんでいる。

東京の、空だ。

その空と大地の境界を睨《にら》むようにして、美那は涙を堪《こら》えて歩いていた。

＊

ここまで『隠し事があります』という顔をしている人間を前に、公輝は黙って見逃すほど善人ではなかったが、そのまま問い詰めるほど悪人でもなかった。

それに、相手は美那だ。憎い相手どころか、人生で唯一愛した女性。

美那は顔面蒼白のまま、律義に公輝の目を見て話していた。

きっと彼女が「身を引いた」理由の大きな部分は、公輝のバックボーンに気づいたからだということも、うそではないはずだ。

公輝は人にうそをつかれ慣れていたので、その点について、鼻が利くと自負している。

だから、分かる。美那はなにかを隠している。自分のうぬぼれでなければ、いまでも嫌ってはいない。それどころか、恐らくまだ、好感を持ってくれている。

彼女に嫌われたわけではないと分かって、どれだけ嬉しかったか。美那は自分を避《さ》けようと必死だったようだが、その姿は愛らしささえあった。

美那のこととなると、随分と愚《おろ》かになってしまうようだ。

公輝は自分のことを、よく知っている。客観的に、自分のことを見る癖《くせ》がついている。

もともと、様々な文化に揉《も》まれ、多くの経験をしてきた。

母について、様々な国に住んだが、フランス、イギリス、アメリカの三か国には比較的長く居住した。

だが、どこでも、同じことが言えた。

『スーパーリッチ』なお坊ちゃんに対して、女も、男もわんさか寄ってくる。

公輝が心を許せるのは、その国の王族や貴族の血を継ぐような、高貴な身の上の人だけだった。

それもそうかもしれない。相手も大体、超のつく金持ちだったし、それに、金以上に地位も持っていた。

なにも言わずとも、お互い心地のよい距離感に収まってくれる。公輝も無礼を働かないし、相手も踏み込んでこない。

けれど、将来、なにかあればお互いに支えになるだろうという奇妙な連帯感は、ずっとあった。特に、寄宿舎のある学校に通っていたイギリス時代に強く感じていた。

戸ノ崎のような旧華族、かつ母ははとこが宮家というような、家柄と財力が伴った一族は、海外ではほとんど貴族と同じだ。時代が時代なら、公輝の両親ふたりの出会いは鹿鳴館《ろくめいかん》だったかもしれないし、母は女学校を寿《ことぶき》卒業しただろう。

そして、ふたりは見目麗《うるわ》しく知的だった。

どうかしていると思ったが、両親はそれぞれ肖像画を描かせ、お互いの部屋に飾っている。写真ではだめなのだという、絵筆にこもった魂のようなものがあるのだと、母はよく肖像画の父をうっとりと眺《なが》めながら公輝に語った。引っ越しの度に高額な運送費を払ってまで、肖像画を運ぶ。その肖像画を受け取る時、毎回、母は父に恋をするのだという。

公輝は両親のいいところを満遍《まんべん》なく受け継いで、欠点らしい欠点もない、人間味のない生き物として、すくすく育った。自分でも、つまらない人間だということははっきりと自覚していた。

見目もよく、知力も高い。特に語学センスに関しては、両親も脱帽だ。

だが、公輝は諦めがよすぎる子だった。両親はそんな息子を見て、何度も言った。

——きっとお前も分かる。運命がある、出会った時にこの人だと思うような人がいる。いずれ、お前も人間の感情が分かる日が来ると。

愉快な人たちだ。公輝は両親を見て思っていた。一年のほとんどを別居で過ごしているからこそ、ずっと蜜月が続いているのかもしれない。

両親の仲がいいことは素晴らしいことだ。年の離れた妹が生まれたことは、予想外だったが。

愛。

さっきまで美那がいた助手席の微《かす》かなくぼみが、胸に鈍い痛みをもたらす。

父はなにかにつけても、そう言った。

愛があれば、強い風が吹いても耐えられる。愛がなければ、戸ノ崎のトップに私が立ち続けることはなかっただろう。お前にも、魂が震えるような出会いが、絶対にある。それが人か物かは分からないが、その日が来ることを楽しみにしている。

これが人間らしさだとすれば、喜ばしいとは思えなかったが、美那を諦めることがどうしてもできない。

みっともない姿を、よりにもよって、初めて愛した女性に見せ続けている。

（……もっと冷静に、話をしたら変わっていたんだろうか……）

彼女を前にして、冷静でいられたことなんて、一度もないが、公輝は謝り続ける美那の姿を思い出していた。

「なにを隠しているんだろう、あの子は」

公輝はため息を吐《つ》いて、車を走らせ始めた。直帰とはいえ、社用車だ。一度、会社に戻らなければならない。

なので、特に美那をつけていたつもりもないし、本当に本当に偶然だった。

リビング・フロントヤードの本社があるのは、戸ノ崎ホールディングスの本社や主要な支社の本社がある、ほとんど戸ノ崎ホールディングスのムラのような地区だ。

その中に、社員向けの保育園があるのは当然知っていた。福利厚生のひとつとして、父がかなり大きな規模で始めた施設だ。小売りのチェーンも抱えるだけあり、女性比率の多い会社だったので、保育園はとても盛況だ。

時間帯的に、送り迎えの従業員の姿も多い。

いずれ、全社的に企業保育園や託児所を充実させたい。そんなことを思いながら、安全に配慮して車の速度を下げた。

その時、保育園から美那が出てくる姿を見た。

徐行していたとはいえ、ほんの一瞬だ。だが、見間違えるわけもない。かわいらしい男の子の手を引いて、見たこともない顔で笑っていた。その男の子の顔までは見えなかったが、頬がふっくらと上がっているので、笑っているのが分かる。

子ども。

子ども？

気がつけば、公輝はリビング・フロントヤードの地下駐車場にいた。きちんと所定の位置

に停めた車の運転席で、呆然と座っている。

「……子ども？」

どれだけ思い返しても、美那の手には結婚指輪らしきものはなかったはずだ。指輪のあともない。

今時、結婚指輪をつけないカップルもいるが、彼女くらいの年齢であれば、つけている方が自然だ。

それに、公輝だったら絶対に美那に指輪をつけさせる。ほかの男に、自分の女だとアピールするためにも。

思考が逸《そ》れた。

だめだ、衝撃を受けて、頭がうまく回っていない。

子どもと一緒にいる彼女は美しかった。聖母のように慈愛に満ちて、微笑《ほほえ》みを浮かべていた。

そのまなざしを一心に受けた、小さな小さな、体を持った人間。

子ども。子どもだ、子どもの手を、美那が引いていた。

あの子どもの正体は分からない。断定する材料もない。

ただ、分かったことはひとつある。

美那が公輝を拒《こば》む理由。

それは、あの子だ。

第四章

落ち着いた内装のバーは、戸ノ崎《とのさき》ホールディングスの経営するホテル、フロントヤード・イン東京《とうきょう》でも、かなり注力して作られた、目玉のバーだ。

バーカウンターの背面は、薄い水色のライトがゆらゆらと揺れ、天井に水面《みなも》を作っている。水中をイメージさせる間接照明はフロアを照らし、黒を基調とした重厚な内装をより幻想的に見せている。

フロントヤード・インは、インバウンド客をメインターゲットに近年作られた子会社で、高級路線のホテルでもある。その中のバーは、普段、美那《みな》が行くようなお店とは格から違う。

世界の大会で優勝経験のあるバーテンダーと、本場スペインバルで修業をしてきたスパニッシュ料理のシェフが在籍し、彼らの手がけるドリンクとフードも人気のひとつだ。

さすがに、リビング・フロントヤードの企画部も、毎回この場所で歓迎会をするわけではない。

今回は特別だ。

副社長である公輝《こうき》の歓迎会となれば、いつも利用する近くの居酒屋やカフェバーを使うわけにはいかなかったのだろう。

美那は、心地よく体を包み込むソファに腰かけ、久々にカクテルを飲んでいた。種類はよく分からない。

年に数回付き合いで飲む程度だし、大学を卒業するころには子どももいたので、酒の楽しみ方を分からないままだ。幸い、そこまで弱くはないようで、二、三杯くらいで酔うことはないので、飲み会で人に迷惑をかけたことはない。

乃恵瑠《のえる》は、久々にじいじとばあばの家にお泊まりだと朝は楽しみにしていたが、今ごろ、美那は一緒ではないことに驚いていることだろう。

春までは暮らした懐かしい家で、社宅に持ってこられなかった室内用の鉄棒や滑り台などもある。きっと遊びあかして、明日土曜日の朝、美那が迎えに行く時までぐっすり寝ているはずだ。

そうであってほしい。乃恵瑠がさみしがるのは本意ではない。

(歓迎会に全く顔を出さないわけにはいかないし……それに今回のはほとんど強制参加みたいなところもあるし……)

そう、ほぼ強制参加だ。

未来の戸ノ崎ホールディングスの総帥である公輝の歓迎会。避《さ》けるわけにはいくまい。

美那は乾杯に来た同僚と当たり障りのない会話をしながら、それなりに楽しい時間を過ごしていた。

乃恵瑠がどのくらい大きくなったのか知りたいという人がいれば、写真を見せた。そして、最近、保育園で習った歌を歌ってくれることだったり、母子ふたり暮らしになってからの戸惑いだったりを話した。

「でも、乃恵瑠くん、終わった？」

乃恵瑠の写真を見ていた同僚のひとりがポツリと言った。

「え？」

「ほら、『魔の二歳児』だよ。イヤイヤ期、はもう終わった？」

「あー、そうですね、終わったかなぁ……」

いまでもたまに「イヤ！」という時はあるが、随分と落ち着いた。

しゃべり始め、自分の意思表示をできるようになったと思った矢先の『イヤイヤ期』は新米ママの体力を確実に奪っていった。

だが、過ぎてしまえば、やはりかわいい思い出でもある。

「うちの子『いらにゃい』ってまだごねる時はありますね」

「え、いらにゃい？」

「はい、あの子、『いらない』ってしっかり言えなかったんです。舌ったらずになっちゃって、いつも『いらにゃい！』って言ってから、おやつを食べてますね」

「なにそれ、超かわいい！」

乃恵瑠のイヤイヤ期は、「いらにゃい！」という言葉で埋め尽くされた。

着替えの手伝いも、食事も「いらにゃい」。目的を達成できないと分かるやいなや「いらにゃい～！」と泣いていた。

乃恵瑠に「お腹すいた？　なにか食べる？」と大好きなグミを見せると、真剣そのものの表情をして首をぶんぶんと振る。

——いらにゃい！

——本当にいらないの？　ママが食べちゃうよ。

——いらにゃいの！

いらないと言っておきながら、乃恵瑠は小さな両手を伸ばしてひっしと美那から奪って、グミを大事そうに食べるのだ。

「いやー、子どもは体力すごいよね。永遠にイヤイヤできるからね～、もう親も試されてるって思う瞬間、子育て中って何度もあるよね」

「分かります」

同僚は、美那にガッツポーズをして見せた。

「前川さんはちゃんとできそうだけど、困ったら遠慮せずにヘルプだしてね！　私たち、職場の先輩でもあるけど、ママ業の先輩でもあるから！」

「ありがとうございます。とても心強いです」

頑張ろうね！　と先輩が席を立つ。

美那は見送りつつ、びくりと身構えた。

先輩の向かう先に、人が集まっている。その中にいる公輝に気がついたのだ。

このパーティーの主役である公輝は、普段以上に人に囲まれていた。副社長として着任した御曹司が、さらに実力も伴っているのだから、どうしても人を惹《ひ》きつけるのは理解できる。

企画部の面々も、それぞれエリートが多い。

美那のように配属先が企画部だったタイプもいるが、全員が全員そういうわけではない。もともとは店舗アルバイトから社員となり、叩《たた》き上げで企画部に入ったタイプもいれば、他社で精力的にバイヤーとして勤め上げ転職してきた猛者《もさ》もいる。

バイヤーたちは特にプロフェッショナルという意識も強く、個人で動いている。まだ新人扱いの美那はほとんど接点がない。

なので公輝を囲んでいる人たちの顔に、覚えがない人も多かった。そして、その人たちは、美那とは違って、輝くばかりの自信が見える。

「戸ノ崎さんって、何ケ国に行かれたんですか？」

「住んだのは六ケ国くらいかな。でも、アメリカの中で転居した回数の方が多いよ」

「そうなんですね」

「大学を卒業したあとに、両親に『世界を見なさい』って言われて世界一周したんだ。あの時、パスポート一冊出入国スタンプで使いきったから……かなりの国を回ったよ、って言ってもヨーロッパとかは一日で移動した国もあるけどね」

「えー、すごい！」

バイヤーたちがわっとわいた。

パスポート一冊分のスタンプなんて、何ケ国回ればたまるのか、美那には見当もつかない。

ニュージーランドに短期留学したあの時以降、海外に行ったこともない。

簡単な英会話ならできるようになって帰国したはずだが、もう当時のようにリスニングさえできなくなった。当然、しゃべれもしない。

あるのは、思い出だけだ。公輝と過ごした日々と、そして、その証としてこの身に宿った乃恵瑠だけ。

（……って、なにバカみたいなこと考えてるの……）

会話に交じる気もないし、なにか話せることもないというのに、公輝が笑って話す横顔を見ると、胸の奥に奇妙なざわめきがあった。

自分で拒《こば》んでおいて、なんて調子のいい。

（……酔ってるんだ、少し、外に出よう）

美那はバーカウンターに飲みかけのグラスを「ごめんなさい」と戻して、歩き出した。

一階にあるバーは、そのままテラスからガーデンにつながっている。夏の手前を迎えるガーデンは、皮肉なことにイングリッシュガーデンだった。

クライストチャーチでよく見たイングリッシュガーデン。整えすぎず、自然を引き立てる美しい庭園。

きれいに整えられた芝生の道が、テラスから伸びている。

その両脇に色とりどりの花が咲いていた。この時期に咲くのはなんの花だろうか。

バラを誘引したアーチの向こう、白亜の四阿《あずまや》が見える。その四阿にもバラが伝い、なんとも美しい風情だ。

モッコウバラの黄色い色が、宵《よい》の庭でも鮮《あざ》やかだ。

「きれい……」

ゆっくりと、モッコウバラのアーチに向かう。そのそばにも、オールドローズの植え込みがある。

バラは、好きだ。特にオールドローズのような小ぶりなものが。

大きく華やかなバラの花を美しいとは思うが、美那の好みではない。公輝を連想させるそのような花は、心を落ち着かなくさせる。

いま、美那の胸をいっぱいに占めているなようなざわつきが、止まらなくなる。だから、苦手だった。

でも、本当は、好きだったはずだ。

気高くて、凛《りん》として、かぐわしい。大輪の真っ赤なバラ。

そんなことを思いながら、美那はしばらくアーチを見上げていた。

——突然、スプリンクラーが作動するまで。

「きゃっ、えっ……?」

真横……と言わず、ガーデン中のスプリンクラーが作動している。

動揺しながらも、顔を手でかばって、美那は四阿の中に逃げ込んだ。柱の陰にはさすがにスプリンクラーも届かない。

「ど、どうしてスプリンクラーが……?」

服はすっかり濡《ぬ》れてしまい、下に着ているキャミソールが透けてしまっていた。髪も水が滴《したた》るほどだ。

「こんなにスプリンクラーって濡れるものなんだ……」

ぶるりと体を揺らして、美那は体を抱きしめた。

あたたかな春の宵、濡れたら寒いし、風邪を引く。バーに戻ろうにも、ここまで濡れている状態で戻るのは、はばかられる。

携帯電話を持って出てこなかったので、岸《きし》にヘルプも出せない。

もう仕方がない、恥を忍んで、戻るしかない。

そう思って立ち上がろうとした時、向こうから誰かが走ってくる足音がした。

顔を上げると、スプリンクラーが作動する中を、公輝がタオルを持って走り寄ってきた。

ライトの光を乱反射した水の粒は、きらきらとクリスタルのように輝いている。

公輝は、驚きに目を丸めながら、美那に真っ直ぐ向かってくる。

「美那⁉　大丈夫かっ」

「こ、……副社長……」

「君が出て行くところが見えたんだ。まさかこんなことになるなんて……間に合わなくてごめんね」

公輝も濡れてはいたが、美那ほどではない。彼は持っていた大判のタオルでくるんでくれた。暖かい。

「震えてる。大丈夫？」

「は、はい……少しびっくりしただけで」

タオルにくるまれると安心する。美那は小さくなったまま、タオルの端をぎゅっと握りしめた。

体が冷えたせいで軽く手は震えているが、それ以上に混乱が酷《ひど》い。

公輝が来てくれたことが嬉《うれ》しい——こんなに近くに来てしまってはどうしていいか分から

ない——一緒にいたい——だめだ、バランスが崩れる——私を助けに来てくれた。

様々な声が渦巻《うずま》く。

「落ち着いた？」

「あ、ええと……その……すみません」

ガーデン用のスプリンクラーとはいえ、それを頭からかぶったのだ、なんて滑稽《こっけい》なことか。

真っ赤になった顔もタオルで隠した。

ゆっくりとスプリンクラーが止まる。

「ガーデンの入り口に『点検中につき立ち入り禁止』って出てたけど、気がつかなかった？」

「え……？」

さぁっと血の気が引いた。

「気づきませんでした……」

「夜間点検と整備を兼ねて、ガーデンのスプリンクラーを作動させていたみたいだ。君を目視で見落としたせいで、こんなことになってしまった。支配人には伝えたから」

「わ、私が見落としたせいです！　支配人さんになんて」

美那は慌てて首を振った。しかし、公輝は厳しい表情のままだ。

「いや、テラスに続く扉は開いていた。今回はたまたま、外に出たのがホールディングス企業の社員だったけど、別のタイミングだったら、一般のお客様が被害にあった。単純なヒューマンエラーが重なった結果だよ」

美那は札を見落とした。扉は開いていたとはいえ、普段の美那ならば、確実に注意書きには気づいただろう。

アルコールが入っていた、その上、公輝のことを考えてしまって、動揺していた。

それに、スプリンクラーが作動する瞬間はアーチの真下にいたので、スタッフに見落とされてしまっても仕方ない気もする。

大事《おおごと》になってしまった申し訳なさの方が強い。

美那は俯《うつむ》いた。

「……上に部屋を用意させた。着替えも。このままじゃ帰れないだろうし、案内するよ」

公輝の大きな手が、遠慮がちに美那の手に触れる。

ああ。

ああ、どうして。どうしてこんなに懐かしいの。

胸の奥からこみ上げてくる感情に、美那は唇を嚙《か》んだ。

――だめだと分かっているのに、どうしても、どうしても……心は理性を裏切っていく。

公輝が用意をさせたという部屋は、デラックスツインだった。

ヨーロッパ風の室内は洗練されていて、バスルームもとても広々としていた。大理石の洗面台には金の流しや蛇口がついている。猫足のバスタブに、海外ではよくある壁に固定されたシャワーが備えつけられていた。

下着まで濡れてしまったので、すべてをランドリーに回すことになった。すでに脱いだ服はランドリースタッフが回収している。

美那はシャワーを浴びた。

（……意識しないで、出た方がいい……よね？）

シャワーを出ると、近くのコンビニで買ったのだろう下着やカップ付きキャミソールが置かれていた。

緊急事態とはいえ、裸にバスローブは抵抗があったので、ありがたく身に着けた。その上にバスローブを羽織る。

（……部屋の中に……まだいる気がする……）

公輝が部屋の中で待っている気配がする。

それはそうだろう、公輝は美那に、あれだけ明確に「どうして逃げたのか」と問うたし、やり直したいとはっきりと伝えてきた。

（私でも、こんなチャンスは逃さない）

美那は鏡に映った、青白い顔の女を見た。幽霊みたいな顔色をしている。

公輝も公私混同をする人ではなかったので、社内で美那を呼び出して話すことは、初めの

ない。

一度以来なかった。ふたりで行動したのは、この間の化粧品会社へのあいさつだけだ。

美那はまだ、ほかに大きな案件を持っていないので、公輝と行動が重なることはほとんど
ない。

ふたりで話すのなら、いましかない。

ゆっくりと息を吸う。

そして、扉に手をかけた。なんの抵抗も音もなく、滑らかに開く。

「早かったね」

公輝は、部屋の中央に立っていた。どこか気まずそうに。

「……ご面倒をおかけしました」

美那が頭を下げる。公輝が首を振る音がした。

「美那……君に聞きたいことがある」

「……私からはありません」

「君がそれだけ俺を遠ざける理由は、子どもがいるからか？」

あまりにも直球な言葉に、美那は言葉を失った。

弾《はじ》かれたように顔を上げると、公輝は眉を下げ、首を傾《かし》げていた。

「誰から、聞いたんですか？」

バレた。

バレないように気を遣ってきていたのに、こんなにあっさりと。

「誰にも聞いてない。安心して、企画部の誰も、君のプライベートを吹聴なんてしていない」

「じゃあ、どうして……？」

「この間、君と外回りに行った帰り、車を戻しに会社に向かった。その時、君が保育園から子どもと出てくるところを見たんだ」

せっかく、せっかく隠してきたのに。

美那はふらふらとその場に座り込んだ。手をついた床は、絨毯《じゅうたん》がふかふかで、カーペットに体が沈み込んでいくように感じた。

グレーのカーペットに、自分の影が落ちる。

「……ごめんなさい」

「どうして、美那が謝るの？」

「だって……、隠れて子どもを産んでいたから……そして、それを隠そうとして」

逃げた。

逃げたのだ、単純に、美那は。公輝から二度も逃げた。

一度はクライストチャーチでの別れ。二度目は今回だ。再会からずっとなにも話そうとしなかった。

今回は向き合おうともしなかった。

乃恵瑠との生活まで奪われたら、生きていけない。

美那の幸せは、乃恵瑠の形をしている。

「……あの子は、絶対に手放しません」

「そう言うってことは、俺の子どもだって思っていいね。君が、日本で結婚して、そうして生まれた子ではない？」

「――……はい。あなたの子です」

終わった。バレた。

シングルで働きながら育てるのに、こんなに環境の整った会社を辞めるのは正直いやだ。でも、背に腹は代えられない。美那は乃恵瑠を失えない。わが子だ。会社を辞めて、どこかに逃げよう。

公輝が美那の前に膝をつく。彼の大きな手が伸びてきたので、びくりと美那は身を竦《すく》めた。

「……後悔してる。どうして、君をもっとちゃんと探さなかったのか」

「許してください」

「それは俺のセリフだ」

ようやく美那は顔を上げて、ぽかんと口を開けた。

「……泣いてる」

美那は思わず呟《つぶや》いた。

公輝は泣いていた、微笑《ほほえ》みながら。

「どうして泣いてるんですか……？」

「美那に申し訳なくて、それに、あまりに君が強いから」

「私は強くなんてないです」

「いや、十分強い。……それなのに、俺は、ひとりでいじけて、一番助けが必要な時に、そばにいることもできなかった」

「……産んだのは、私のエゴです。学生だったし、すごく悩みました、産んで、この子を幸せにできるのか、どうやって育てていけばいいのか……お母さんになって、自分がやっていけるのか」

——ママ。

乃恵瑠のひまわりのような笑顔が、自然と浮かんだ。

「謝らないで。美那。美那はなにも悪くない、子どもはふたりがいないとできない、生物学上の父親と母親だ。君ひとりに責任はないし、ひとりにした責任は俺にある」

「公輝くん……」

ちゃんと避妊もしていたし、気をつけてもいた。それでも自分のところに、子どもがやってきたと実感した時に、美那は戸惑いつつも間違いなく愛しさを感じた。

命が宿った。

不安に思ったのは、自分が母親で幸せにできるのかということだ。

両親をどう説得しよう、自分ひとりでは育てきれない。この子のために、両親になにを言われようとも、ちゃんと話して支えてもらわないといけない、そう考えた。

「産んでくれてありがとう、そして、そんな大事な時にそばにいられなかったことを、一生かけて償《つぐな》うよ」

「つ、償うなんて……」

「俺自身は、両親揃《そろ》っているけれど、ほとんど母とふたり暮らしだったし、シングルであることは問題があるとは思っていない。でもね、」

公輝は、美那の手を握り、抱き寄せた。

抵抗する気はすっかり消えうせていた。

懐かしい香りがする。昔とは違う香水の奥にある、肌の匂い。この匂いに包まれることが、本当に好きだった。

シャツの下、しっかりと鍛《きた》えられた胸から、どくどくと心臓の音が聞こえる。

「君が望まないのに、子どもと引き離すなんてことは絶対にしない」

「……私が、育てていいんですか？」

「もちろん、美那の子どもだ」

その言葉に、美那の体からどっと力が抜けた。

かわりに、公輝に抱きしめられ、触れ合ったところから、光が差し込むようだった。

嬉しい、よかった。これからも、乃恵瑠と一緒にいられる。

一番恐れていた結末は避けることができたのだ。

公輝が、美那の髪を撫《な》でながら尋ねる。

「でも、どうして子どもを奪われると思ったの？」

そう言われてみれば、きっかけがあったわけではない。

妊娠してからずっと、戸ノ崎の家は美那と接点はなかったし、美那も公輝に連絡をしていないので、公輝を警戒していた理由が咄嗟《とっさ》に思い出せなかった。

恐らくは、あの時だ。

「……その、公輝くんのお父さんから、連絡があって」

「……え？　いつ？」

「ニュージーランドからの帰国直前の時です」

「う、うちの父から？」

「はい、公輝くんのお父さんって名乗ってました……」

公輝は眉を寄せて、怪訝《けげん》そうに黙り込む。美那は小さな声で言葉を続ける。

「正直に言うと、なにを話したかはよく覚えていないんです。ただ、私はあなたに相応《ふさわ》しくないんじゃないかって……怖くなって……それで、黙って帰ったんです。それから、公輝くんのお父さんが子どもに気づいて奪いに来るんじゃないかって、ずっとどこか怖くて、怯《おび》えてたんです……あまりにも、子どもがかわいくて想像していた百倍幸せだったから」

美那は語りながら、罪悪感で押し潰されそうだった。

公輝には非がない。きっかけになったのは公輝の父との電話だ。

しかも、美那が勝手に身構えて、ずっと警戒してきただけ。

「なるほど……そういうことか」

「すみません、私が勝手にからまわりしちゃって……公輝くんに釣《つ》り合うはずないって、思い込んで」

「謝らないでいいよ。俺が美那の立場でも、そう思ったかもしれない。美那が言ってただろう？　俺はスーパーで総菜を買わない男だよ」

「あっ……」

以前、公輝を拒み続けていた美那が、咄嗟にしたたとえを持ち出された。恥ずかしさにかあっと顔が熱くなる。

「ただ、父に悪意はなかったと思う」

「悪意？」

「君を値踏みしようとか、けん制しようとしたわけではない。ってことかな。あの人は、俺が恋人を作るのを楽しみにしてたから」

「はぁ……」

「息子の俺から見てもあの人は……仕事以外の人付き合いが上手じゃない」

「は、はぁ……」

「俺が恋人をテカポ湖に連れていったと聞いて、興味がわいたんだ。それまで、誰も紹介したことがなかったけれど、父はずっと言っていたんだ『愛を知ったら人生が変わる』って。だからこそ、君のことを知りたがったんだと思う。少なくとも、俺の知ってる父はそういう人だ」

美那は一生懸命、クライストチャーチから帰国する前に、公輝の父と話した内容を思い出そうとした。やはり、その時受けた動揺が思い出されるばかりだ。

「じゃ、じゃあ……私があの時、公輝くんの前から姿を消す必要は……なかったってことですか？」

「そうかもしれないね」

美那が何度か瞬《まばた》きをして、それからため息を吐《つ》いた。

なんてことだ、初めのボタンを掛け違ってしまったせいで、公輝を傷つけ、乃恵瑠から父親を奪うことになってしまった。

そんな美那の思考を読んだように、公輝は「そうじゃない」と囁《ささや》いた。

「……あの時、離れていなくても、そのあとうまくいったかなんて、誰にも分からない。

ただ、君が悩んだ時、俺もそばにいて、一緒に考えたり、励《はげ》ましたりすることはできたのかもしれない、それだけだよ」

確かに、全部、可能性の物語だ。

あのまま、美那は公輝の恋人として過ごし、乃恵瑠を育てたのかもしれない。誰も反対せず、乃恵瑠に対して罪悪感を持つことはなく、三人で暮らせた。

そんな日も、あったかもしれない。

「本当にごめん、うちの父が余計なことをしたばっかりに……」

「いえ、わ、私が勝手に思い込んで……」

「今度は、君のそばにいる」

ああ、私は、彼のこの声が好きだった。

再会してから感じ続けた、この感情にうそをつかなくてもいいのだ。

この人を、私は、いまでも愛している。

私の宝石。私の愛、私の夢……。

公輝は美那を見つめて、優しく微笑んでいる。

「一度は逃がしてあげたけれど、二度目は逃がしてあげないよ」

公輝の親指が、そっと美那の唇を撫でた。

その指先は冷え切っていて、微《かす》かに震えている。彼も緊張しているのだ。

「……公輝くん」

「キスをしても?」

唇を撫でていた公輝の手が、美那のあごをそっと押し上げる。

目が合った、琥珀《こはく》色の瞳。美しい、宝石の瞳。

返事はできなかった。

それでも、美那が拒んでいないことは、公輝には伝わったのだろう。微かなまなざしのやりとりで、お互いの間にあった誤解が解けたことは、伝わった。

そっと重なり合う唇の温度の心地よさ。懐かしさ。

美那は目を伏せて受け入れながら、泣きそうになるのを堪《こら》えていた。何年も忘れることのなかった感触だ。

すべての後悔と葛藤を押し流してくれる、温かなキス。

ついばむように、何度も何度もキスをされる。くすぐったかったが、美那はそのすべてを受け入れた。

(……うそみたい……)

かたくなだった自分の胸の中にある氷が解けていく。

好き。大好き、好き。

何度もキスの合間に思った。

公輝の手も、じわりと熱を帯びていった。その手はやがて、あごから手を放し、美那の無防備な白いうなじを撫で下ろす。

「ふ……んんっ」

「はっ、はは……美那、かわいいね」

少しだけ、低くかすれた声。

公輝の美那を見る瞳の奥に、隠しようのないほの暗い炎が見える。

燃えるような情欲。

ぞくりと、長らく忘れていた情動が美那の腹の底にわいた。

それを見逃さずに、公輝の舌先が、美那の唇の間を割った。熱い舌が、美那の口内を味わうように動き回る。

美那の体から力が抜け、公輝の体にもたれかかった。

――その時、ふたりの間に漂い始めた濃密な気配を断ち切るように、無機質な電話のコール音が響いた。

公輝は一瞬、憎らしげに自分のポケットを気にしたが、無視をしようと決めたのか、キスを続けようとしたが、

「で、出てください……！」

だが、美那は我に返ってしまった。

「電話、出ないと。公輝くんは今日の主役だし……それに……」

「それに？」

「……ちゃ、ちゃんとしましょう！」

コール音が途絶える。

それでも、美那は言葉を続けた。

「息子に、会ってください。私、一生恋愛なんてしないって思ってました。息子のために頑張らないといけないし、あなたのお父さんは素敵《すてき》な人だったよって、公輝くんのことを大事にしたかったので」

子どもがいても恋愛してはいけない、というわけではないと美那は思っている。

離婚をしたからずっと独り身でいなければいけないこともなければ、シングルの人が再婚するために恋活や婚活に励むことは問題がない。

ただ、自分にはそのキャパシティがない。美那は痛感していた。

恋愛にそんなに向いている性格をしていないということもあった。

公輝とあの時出会わなかったら、もしかしたら、いまでも恋愛をしたことがなかったかもしれない。

そんな自分が、また誰かを好きになるなんて、想像もできなかった。

「その、あの……だから……、逃げないので時間をください」

「ふ」

公輝は、短く笑った。目を細めて、いとおしそうに美那を見つめている。そのまなざしは包み込むようで、とても優しい。

恥ずかしい、でも、嬉しい。

美那はどうしていいか分からなくなって、両手で顔を覆《おお》い、俯いた。

「分かった。今度、俺の息子に会わせてくれる?」

「はい……お願いします。でも、まず三人で会って、子どもが公輝くんのことを嫌がらないか、それを確認させてほしいです」

失礼なお願いかもしれない。ただ、美那にとっては譲れないことだった。

乃恵瑠が公輝を嫌がる姿を想像できるかというと微妙ではあるが、あの子は周囲に男性がいる環境で育っていない。日常的に触れ合うのは、美那の父である祖父なので、年齢的にも中年だ。

年若い公輝との遭遇は、美那にとっても未知数だった。男性の保育士がいたら違ったのかもしれないが、乃恵瑠の担任の先生は全員女性だ。

申し訳ない気持ちで尋ねると、公輝は「そうだね」と軽く頷《うなず》いた。

「それがいいと思う。彼からしたら、飛び入り参加は俺の方だろうしね」

「公輝くん……ありがとう」

気持ちを分かってくれて、嬉しい。

公輝はいつでもそうだった。

美那の気持ちを優先してくれたし、うまく言葉にできない時も、待ってくれていた。

男性に対して免疫のない美那がするりと心を許せたのは、公輝のそういう態度が心地よかったからだろう。

「名前は？　俺たちの息子の名前」

一瞬、ぽかんとした。

公輝にバレたくなくて、丁寧に会話から乃恵瑠の名前を削ぎ落としてきていた。

オフィスでも美那に子どもがいると知っていても、名前まで覚えているのはさすがに岸のように近しい先輩くらいだ。それで、特に不自由はしていなかった。

そうか、公輝は、乃恵瑠の名前を知らなかったか。

「乃恵瑠です。クリスマスに生まれたので」

「乃恵瑠……乃恵瑠……そうか、そうか……」

公輝は噛みしめるように乃恵瑠の名を繰り返した。

乃恵瑠。クリスマスに、美那のもとに来てくれた最愛の息子。

再び、公輝の電話が鳴る。公輝は美那を抱きしめてから、残念そうにしつつも、部屋をあとにした。

美那はひとり部屋に残り、窓辺に立った。

窓の外の夜景を見下ろしながら、ほおっと息を吐く。

こつりと窓ガラスに額をつけると、火照《ほて》った体に、その冷たさが心地よかった。

（疲れたな……）

行き場のない嫉妬に苦しんで、外に出たせいでスプリンクラーを頭からかぶった。

正直、自分のバカさに頭痛さえ感じそうだが、そのおかげで、公輝と向かい合うことができた。

四年前、できなかったことだ。

あの時も逃げずに話せば、人生は変わっただろう。

でも、後悔はない。

乃恵瑠を産んで、育ててきたこれまでの道に、ひとつも悔いなんてない。

あったとすれば公輝に対してだけだ。

だからこそ、今日は勇気を振りしぼった。謝罪をして、乃恵瑠のことを打ち明けることを選んだ。バレた以上、公輝にうそをつき続けていたくはなかった。

（……なんて自分勝手なんだろう……いやになっちゃうな……）

多くのことはそうなのかもしれないが、踏み出す一歩目が一番怖くて、億劫《おっくう》だ。

超えたいま、美那に残ったのは希望だった。


その日、美那はかつての夢を見た。

テカポ湖は、クライストチャーチよりもさらに南極側にある小さな村だ。

ニュージーランドは、銀河系の星々が集まり、その眺望が有名な国でもある。

その中でも、テカポ湖は特によく星が見える街として有名な場所だ。美那が読んだガイドブックでもテカポ湖の特集が組まれていたほどだ。

特に大きな街というわけではないが、星を見るために観光客向けのレストランやスポットが存在している。

といっても、美那と公輝が向かったのは、さらに郊外の山の上にある古城だった。

木立を抜けると、石畳の敷かれた大きな前庭があり、その向こうに石造りの古城が建っていた。いくつもの尖塔《せんとう》が左右均等にそびえ立ち、屋根は淡い緑色だ。

公輝と美那は、その別荘の持ち主の娘だというカレンにあいさつをして、ランチをともにした。赤毛をひっつめにした背の高い女性で、笑うと覗《のぞ》く八重歯が印象的だ。

彼女は公輝を小さいころから知っていると言い、美那を伴ってやってきた公輝をにやにやとからかう。

カレンはイギリス貴族で、いつもはイギリスに住んでいる。この古城は別荘だそうだ。先祖の持っていたスコットランドの古城を解体し、船で運んで再建築したというスケールの大きな話には、美那は自分のヒアリングを疑ったほどだ。

カレンは、このあと、オーストラリアを旅行して、イギリスに帰るのだという。彼女は耳打ちした。

――コウキははじめ、クライストチャーチにはそんなに長くいるつもりはなかったのよ。なのに、どうしてかしらね？　もう何週間、滞在しているのか、数えているのかしら。

いたずらっぽく笑ったカレンが、美那に耳打ちする。ブリティッシュアクセントで囁かれた言葉に、美那はお茶を吹き出してしまった。

カレンの話し方は上品で美しい。そして、美那が聞き取りやすいように配慮された語彙《ごい》で、一語一語はっきりとゆっくりと話してくれる。

真っ赤になった美那にカレンはウインクをした。


ランチのあと、カレンはすぐに去り、公輝と古城の中を見学した。

案内役の執事は手慣れた様子で、調度品の歴史を説明してくれた。

美那に分かりやすいように古城の歴史なども踏まえた話は、公輝の通訳もあり、とても興味深かった。

まさか、こんな古城に泊まることができるなんて、想像していなかった。

コースの夕食をとり、ゆっくりと食後の紅茶を楽しむ。まるで、自分自身が貴族になったように感じてくすぐったかった。

そうして、夜がやってきた。星が空を支配する時間だ。「まだ冷える」という理由で、夏とはいえ、毛織のショールを羽織ってバルコニーに出た。

「わぁ……！」

美那は感嘆の声を上げた。

一面の星空は、美那の知っているそれとは全く違っていた。

圧倒されるほどの数の星々が漆黒の空に広がっている。

ダイヤモンドをばらまいたみたいだった。それだけではない、ルビーのように赤い星も、サファイアのように青い星もある。

星は、一色ではないし、それぞれ大きさも光の形も違う。知識として持ってはいたが、初めて自分の目で見ることができた。

美那は毛織のショールを羽織り直しながら、わくわくと空を見つめる。

「サソリ座の心臓、ここで見たら本当に赤いんだろうな……」

「そうかもね。探してみようか」

公輝はホットワインを美那に差し出した。

「東京じゃ、天の川もほとんど見えないし。こうして見られるとなんだか嬉しいよね」

ニュージーランドは南極に近く、朝晩と日中の温度差が想像以上にある。ホットワインの入ったカップを両手で包み込むと、じんわりと温まる。ちょうどいい温度だった。

「乾杯」

「はい、乾杯」

公輝と並んで、星空を見上げる。

バルコニーにはふたりきりで、古城は死んだように静まり返っている。森から時々鳥の声がするが、かえって静寂を際立てていた。

星の瞬《またた》く音が聞こえそうだ。

「……美那」

「はい？」

「俺は、君のことが好きだ。バレバレだと思うけど……君がここに来てくれると頷いてくれたら、告白しようと決めてた」

「……はい」

情けないことに、「はい」以外の言葉が浮かばない。

「やっぱり、バレてたよね」

「だって、公輝くん、いつだって私を優先させてくれていたから……、もしかして、私のことを好きになってくれるんじゃないかなって、少しは思ってました」

「少しだけ……？」

星々を背負って、それよりも輝く男性が、いたずらっぽく首を傾げる。

「当たり前じゃないですか。公輝くんはすごく格好よくて……普通に日本に住んでいたら、きっと出会えなかったです」

「そんなことないと思うよ。きっと君とは出会った」

幻想的なほどの星空。

公輝はバルコニーのハンドレールにホットワインのカップを置き、その場に跪《ひざまず》いた。

美那の手を取り、そっと口づける。

「好きです、美那さん。俺とこれからも一緒にいてください」

美那は柔《やわ》らかなベッドに横たえられて、ワンピースのボタンを外す公輝の指先を見つめていた。

本当は、そんなところを見ている余裕なんてなかったのだけれど、ほかのものを見ている余裕はもっとなかった。

古城の主寝室であるそこは、あまりにも豪勢だ。

天蓋《てんがい》付きのベッドからはクリーム色のレースが幾重《いくえ》にも垂れていたが、そのレースは束ねられ、美那たちを隠す役目は果たしていない。

時折、開け放たれたバルコニーへ向かう窓から吹き込む風で、微かにレースは揺れていた。由緒正しいその部屋は、星の光だけでこんなにも明るい。

夜が明るいことを、美那は知らなかった。

夜着代わりのワンピースの前ははだけ、美那の肢体が星の光に浮かび上がる。

柔らかな曲線を描く体の輪郭を、公輝の手のひらがなぞっていく。

「美那、すごくきれいだ」

「……恥ずかしい」

「もっと恥ずかしいことを、これからするんだよ」

公輝はそう言いながら、自分のシャツも脱ぎ捨てた。

彼の体が引き締まっていることは、当然分かっていたが、こうして晒《さら》されると、思わずごくりと喉が鳴った。

美那は身じろぎしながら、あとずさった。ベッドのヘッドボードに背中がくっついてしまう。

「わ、私、初めてで——きゃっ」

きゅう、と公輝の瞳孔が小さくなった気がした。

公輝は勢いよく美那にキスをすると、そのまま舌を差し込んだ。息の仕方も分からない美那は、公輝の熱い舌が自分の歯列を舐《な》め、上あごをなぞるのに任せた。

「ふ、んっ」

甘ったるい声が鼻から抜け、美那の手は救いを求めて公輝の腕を摑《つか》む。

「優しくしたいから、そんなに煽《あお》るようなことを言わないで」

唇を離し、鼻先が触れ合うほどの至近距離で、公輝が囁く。

もう一度、優しいキスをして、公輝の唇は美那の胸に触れた。抵抗する間もなく、ブラジャーは奪われ、形のいい胸がまろびでた。

「あっ……んんっ」

公輝は尖《とが》らせた舌で、美那の胸の飾りを軽くつつく。もどかしい刺激に、思わず身じろぎする。柔らかく揺れる胸の飾りをかわいがられると、腹の奥がじんわりと熱を持っていくのが不思議だった。

公輝がもう片方の乳房を手で優しく揉むので、どちらの乳首もどんどんと尖りを増していく。

「や、あぁ……んん」

「気持ちがいい？」

胸に指が食い込み、軽く上下に揺らすように愛撫されるだけで、太ももの間にじわりと湿り気を感じる。

美那が足をこすりつける。下着が濡れてしまいそうで怖かった。

恥ずかしい。その上、初めてなのにこんなに感じてしまうなんて、体がおかしいんじゃないかと疑ってしまう。

公輝は立ち上がりかけていた乳嘴《にゅうし》を、乳ごとぱくりと咥《くわ》えた。

「や、ああ……ぅ、こ、公輝く……っ」

全体を吸われ、舌先は乳嘴をチロチロと刺激する。

胸の尖りはどんどんと硬さを増し、公輝の与えてくれる刺激を欲している。

普段は存在を意識すらしない隘路《あいろ》は、自分も自分もと、蜜を垂らし始めた。

「下も、触るよ」

胸から顔を上げて、公輝が言った。

美那の下着に手をかけるので、微かに腰を浮かせて、脱がすのを手伝う。くちゃりと水音がした気がして、泣きそうになった。

「かわいい……」

「……本当に、お、おかしくないですか？」

「おかしくなんてないよ」

そう告げて、真っ赤になっている美那の額にキスをくれた。

それから、額へのキスとは打って変わって、優しいキスを何度もかわす。唇を食《は》み、ちゅうと吸い、舌先をこする。

公輝がしてくれることの、すべてが気持ちいい。

キスに応じている間に公輝の手が美那の内腿に触れた。

はっとする。触れられただけで分かった。内腿の半ばまで自分は濡れている。

公輝も一瞬驚いたようだが、目を細めて優しいキスをした。

「死にそうって顔してるけど、安心して、最高に興奮する。こんな風に感じてくれて、嬉しくないわけがないよ」

「んんっ……あっ」

内腿をなぞっていた手が、そっと美那の足のつけ根に這《は》わされる。

その中指をくい、と曲げるだけで、濡れそぼった柔肉はその指を飲み込んだ。

「きゃっ……んんっ」

ぴちゃりという音が立つ。

濡れた割れ目を何度か触れられて、視界でちかちかと光が瞬いた。

「痛くないようにするからね」

「え？　……てっ、公輝くん……！」

公輝はにっこり笑って、美那の足を割り開いた。

そして、ためらいなく花弁を舐め上げる。じゅると粘着質な音に、めまいがしそうだ。

感じたことのないほどの強い快感は、胸とは比べものにならないほどだ。美那はシーツを掴み、咄嗟に足を閉じようとした。

だが、がしりと公輝の手で止められてしまう。

「だめ」

湿った花芽を揺らす、低く囁く息でさえ、美那の体は敏感に感じてしまう。

「あ……っ、んん」

「いい子」

公輝は何度も割れ目を舌で舐《ねぶ》り、溢れてくる蜜を舐めとった。そのうち、美那の足はびくびくと跳ね始めた。

「な、なんだか……公輝、くぅん……や、だ、だめぇ……っ」

怖い。

気持ちがいいことは間違いないが、浮遊感にも落下にも似た謎の感覚が美那を襲っていた。

怖い、この感覚に身を任せたら、どうなるか分からない。

未知の感覚なのに、どんどんその熱は強くなり、美那の体は悦《よろこ》びの波に飲み込まれていく。

「いいよ、美那、イって」

公輝は、それまで触れなかった敏感な粒を、指の腹で押し潰した。

痛みにも似た、とてつもない熱が弾ける。

「――……ああっ、あ……っ」

「上手にイけたね」

公輝は脱力した美那の肩を撫で、避妊具を取り出した。初めての絶頂で、ぐったりと弛緩したまま見上げる。

いままで見たどんな公輝にもない、獣《けもの》のような横顔だ。上品さは失わないのに、獰猛《どうもう》で、雄々《おお》しい。

手早く薄膜をまとった劣情が、ぴたりと美那の蜜口に当たる。

その先をいまにも飲み込もうとするかのように、そこはひくついた。

「いくよ」

「はい……」

公輝の宣言どおり、杭のような熱が、蜜洞を勢いよく貫いた。

「っっ！」

紛れもない痛みに、美那の体が一気に強張《こわば》る。息もできない、真っ二つに裂けるのではないかと思うほどの衝撃だった。

「ごめんね、痛いね」

そう慰《なぐさ》めながらも、公輝は穿《うが》った熱を抜くことなく、美那を抱きしめた。彼からはいつもの香水よりもさわやかな、そして落ち着いた香りがした。

美那も公輝の首に腕を回した。

触れたお互いの胸が、同じく高鳴っているのを感じて、ほっと息を吐く。

「痛いけど……」

「痛いけど？」

「でも、不思議です、すごく、すごく幸せ……」

美那の中の熱が、さらに質量を増した。公輝は眉間に皺を寄せて、ものすごく顔を歪めた。

それから、はぁと息を吐いて破顔する。

「んっ、お、大きくなった……」

「……ッ、煽らないで。酷いことはしたくないんだって」

公輝はゆっくりと腰を動かし始めた。破瓜《はか》の痛みに体を強張らせたままの美那を抱きしめたまま、彼女の中を味わうように腰を揺らす。

「んっ……ああっ、こうき、くん……っ」

「美那、好きだよ」

「わ、私……もっ」

じんじんとした痛みは消えていない、けれど、その奥にもっと違うなにかを感じる。

「好き……好き……」

溢れるほどに愛を注がれながら、美那は何度も好きだと繰り返した。

二度目の絶頂は、公輝の腕の中、美しい星々に似た光が、美那の視界を占めていた。

第五章

乃恵瑠《のえる》と公輝《こうき》を引き合わせると決めたものの、場所選びは美那《みな》にとって頭痛の種《たね》になった。家の近くではむずかしい、社宅だ。戸ノ崎《とのさき》公輝の顔を知っている人間に出くわさないと限らない。

しかし、いざ公輝との関係を再開させようとした時には、乃恵瑠のお気に入りのカフェもレストランも、全部戸ノ崎ホールディングスの関連企業だったり、社員が客として来ていたりという、最強の障壁ができていた。

バレないで交際を続けられる環境では、ない。

なにも考えず、普通に暮らしていた数か月前まではとても便利な街で感謝していた。社内の保育園もあるし、スーパーやコンビニも近い。

生活のすべてが、戸ノ崎ホールディングスでカバーできるといっても過言ではないほどの大企業だということを痛感する。

(……そして、それが私の恋人の実家……)

美那にのしかかった現実は、想像以上に強大だ。

彼は父親の件は誤解だと言ったが、本当にそうなのだろうか。

美那が不釣《ふつ》り合いなことは、自分がよく知っている。もっといい出自の婚約者がいても、おかしくない人だ。

ただ、公輝が信じてほしいと言ったのだから、信じたい。

そんな甘い感傷に、しばらくは浸ることにした。

そこまで考えていると頭痛を感じて、こめかみを押さえる。

「ママ、あたまいたい？」

実家から借りた父の車、後部座席につけたチャイルドシートに乃恵瑠を座らせる。お気に入りの首長竜のぬいぐるみをむんずと摑《つか》んでいた乃恵瑠が、不思議そうに首を傾《かし》げた。

「ママ、頭、痛そう？」

「うん」

乃恵瑠が至極真面目《まじめ》な表情で頷《うなず》くと、小さな手を伸ばしてきた。チャイルドシートに固定されているので、美那が腕の届く範囲に体をかがめる。すると、ぽんぽんと頭を撫《な》でてくれた。

「いたいのいたいの、とんでいけ～」

撫でた手を、ぶんっと振る。それを三回ほど繰り返して、満足げに乃恵瑠は微笑《ほほえ》んだ。

「いたいの、飛んでった？」

「うん、ありがとう、乃恵瑠」

「どーいたまして」

乃恵瑠はにっこりと微笑む。

美那が運転席に乗り込む姿を見て、乃恵瑠はこぶしを突き上げた。

「出発、しんこーう！」

乃恵瑠を誰にもバレずに、父である公輝と会わせ、ある程度の時間を過ごせる場所。

お互いにいくつか候補を上げたが、結果、美那が決めた場所は、公輝の自宅だった。もっとも安全、かつ、美那の知り合いが近づかないようなところに住んでいる。

港区《みなと》赤坂《あかさか》のタワーマンションのペントハウス。地下駐車場にも警備員がいる。

乃恵瑠をチャイルドシートから下ろしたあと、抱っこしたのは、単純に美那があまりのアウェー感に腰が引けたからだ。

ニュージーランドの五つ星ホテルや、古城を移築した別荘なんかは、観光の延長の気持ちでいられたが、今回はそうはいかない。

現実だ。美那はただの学生ではない。一児の母として、その子どもの父親に息子を引き合わせる。その場が、ここ。

殿上人《てんじょうびと》。そんな言葉が頭をよぎる。

——地下駐車場に高層階用のシャトルエレベーターがあるから、二十階のスカイラウンジまで来てくれると、そこにコンシェルジュがいるよ。

昨晩、公輝が電話でさらりと言った内容は、日本語には聞こえなかった。

呪文のようにしか思えず「同じ内容をメッセージアプリに送っておいてください」と頼むのが精一杯だった。

スカイラウンジについては、言葉にあまりなじみがないので、乃恵瑠を寝かせたあとに検索をした。どうやら、タワーマンションや高層ビルによくあるスタイルらしく、構造上の強度を保つため、上層階へ行くために何度かエレベーターを乗り換えるシステムのようだ。そのさらに上の階に行くためのエレベーターホールを『スカイラウンジ』と呼ぶ。

高級タワーマンションではセキュリティ対策も踏まえて、フロント以外にもスカイラウンジにコンシェルジュを配置する……ということもあるそうで。

公輝の住まうマンションは、タワーマンション界の王者のような物件。かつ、彼の部屋は最上階のペントハウス――特別仕様。向き合おうと思った心が、しなしなと萎《な》えそうになる。

ニュージーランドで公輝が好んで滞在していたのは、ヨーロッパのお城のような重厚なアンティーク調の場所だったが、タワーマンションは現代の富《とみ》の象徴でしかない。直線的で、底抜けに明るくて、痒《かゆ》いところに手が届くサービスまでセットだ。

高層階用のシャトルエレベーターの中には、映像が投影されていた。初めは海底だったのが、上昇していくと同時に海面に近づいていく。

乃恵瑠は大興奮して、魚やイルカ、差し込む光の映像にじたばたといまにも踊り出しそうだ。

「おさかなさん、すごいね～」

「すごいね。水族館みたいだね」

「うん、水族館みたい」

乃恵瑠は水族館が好きだ。実家に住んでいたころ、保育園の遠足で行ったことがあり、それから何度かねだられて連れていった。

抱っこしていなかったのなら、エレベーターの中を走り回っただろう。

（……信じられないくらい豪華……）

美那の親も頑張って一戸建てを建てた。七十五歳までローンはあるけれど、家族三人で暮らす分には申し分ない素敵《すてき》な家だ。乃恵瑠を連れていつでも帰ってきていいと言ってくれているし、美那がいま頑張れているのは両親がそうやって支えてくれているからだ。

だが、このマンションに何年か住もうと思ったら、実家の住宅ローンを完済できてしまうだろう。

（……すごい……常識が……違う……）

隅々まで清掃された、海中トンネルのようなエレベーターに乗りながら、美那はぼんやりと考えた。

逃げたい。

恐らく、公輝はここで美那が「やっぱり無理です‼」と関係を拒《こば》んだとして、腹いせに仕事を辞めさせるようなことはないだろう。そういう人ではない。

だから、好きになったのだ。

チンッ。

上品なベルの音とともに、エレベーターの扉が開いた。

なんてことだ、停まったのにも気づかないほど、滑らかな動作。このエレベーター自体、恐らく美那が普段乗るエレベーターとは価格から違うはずだ。

そんなことばかり感じる自分が情けなくもあったが、美那は、エレベーターを降りて、乃恵瑠を地面に下ろした。

現実と向き合わねばならない。

のし、っと音がしそうなほど堂々と着地をした乃恵瑠は、小さな手で美那の人差し指と中指をきゅっと握った。

スカイラウンジのコンシェルジュに声をかけようとして、美那は立ち止まった。

視界の端が、妙にきらめいている。

自然と顔を向けると、立ち尽くしている公輝がいた。

「公輝くん……？」

約束では、コンシェルジュから呼び出してもらうはずだった。だが、公輝はすでにスカイラウンジで待っていたようだ。ラウンジの隅、共用ライブラリーのソファに腰かけていた。

美那が慌てて近づくと、戸惑いがちに公輝は立ち上がった。見たことのない表情をしている。鳩《はと》が豆鉄砲を食らったら、こんな顔だろう。

「ごめんなさい、遅くなりましたか？」

「いや、俺が落ち着かなくて、……一時間くらいブラブラしてただけで、遅くなんてないよ」

美那と話しながら、視線はかなり下の方を見つめている。

乃恵瑠はぱっと、美那の後ろに隠れてしまった。

「乃恵瑠？　ごあいさつは？」

「……ばら組前川《まえかわ》乃恵瑠です」

美那のジーンズに顔をうずめて、ほとんど公輝を見ずに乃恵瑠はあいさつをした。

その乃恵瑠の前に、公輝は膝をついて、視線の高さを合わせた。乃恵瑠はおずおずと少しだけ顔を出す。

「……はじめまして、戸ノ崎公輝です」

そうして、ゆっくりと花開くように微笑む表情は、どことなく乃恵瑠に似ていた。

スカイラウンジからさらに上層階に向かうエレベーターの映像は、今度は花畑だった。見事な藤棚だ。美那はエレベーターという閉鎖空間を忘れさせるような風景に思わず見とれた。

「……きれい」

「すごいよね、季節によって映像が変わるんだ。たまに海外だったりして、乗っていても楽しいよ」

「海は？」

乃恵瑠は美那の上着を引っ張って尋ねた。

「海、すごかったんだよ。ぶわーって、ね？」

「そうだね、水族館みたいだったよね」

美那の答えに、乃恵瑠は満足そうに笑った。

公輝は乃恵瑠になにか質問しようとして、口をパクパクと動かしたが、言葉は出なかったようだ。視線をうろつかせたあとに、口をつぐんでしまった。

（どうしよう……乃恵瑠も普段はもう少し人懐っこいのに）

照れているというよりも、かなり緊張している。

それもそうだろう。

対面した公輝が、美那の見たこともないくらい、がちがちに緊張している。その緊張が、ただでさえ知らない人に会うということで緊張していた乃恵瑠を、さらに戸惑わせた。

気まずい。とてつもなく。

エレベーターはまた、チンッと軽やかな音を立てて停止した。

「乃恵瑠、人のおうちに入る時は？」

「おじゃまします」

「そう」

扉が開く。お邪魔しますと言いなさいと言われたばかりだったが、乃恵瑠は目をエレベーターの向こうの景色に、目を見開いた。真ん丸な目が落ちてしまいそうなほどに。

「ほ、ホテルだー！」

「ちょ、ちょっと！」

間に合わなかった。美那が乃恵瑠を捕まえるより早く、乃恵瑠はエレベーターから続いたペントハウスに飛び込んでいった。

「乃恵瑠！　待ちなさい！」

「おじゃましまーーーーーーーーーーーーすぅーーー」

てってけて～と音がしそうなほど嬉《うれ》しそうに、乃恵瑠は一目散に走っていく。

エレベーターは部屋に直結となっていて、すぐに玄関だった。その先には廊下が真っ直ぐと伸び、一面のガラス窓があった。

ただ、乃恵瑠は光景よりもなによりも、リビングのソファや調度品に目を奪われていた。ベッドのように大きなソファや、楕円形の石でできたテーブル。

確かに乃恵瑠の言うとおり、家というよりはホテルのようだ。玄関自体が広かったので、乃恵瑠は大理石の三和土《たたき》のはじで、ぴたっと走るのをやめ、その場で足踏みを始めた。

土足では入れないと判断したのだろう。その状態の乃恵瑠をキャッチして、美那はほっと息をついた。

「もう、乃恵瑠。危ないよ」

「うんー。おくつ、脱がないとねー」

半年前までは、この瞬間に「いらにゃい！」と叫《さけ》んだだろうが、さすがにイヤイヤ期は終わっていたので、乃恵瑠はおとなしく捕まってくれた。

ぺたん、と廊下に腰を下ろし、乃恵瑠は靴を苦労しながら脱いだ。自分でやりたい年ごろだ。

美那は見守っていたが、乃恵瑠は靴を放り出して、勢いよく駆け出してしまった。

「待って、乃恵瑠。お靴、ちゃんとして」

ここまで興奮していると言って聞く状態ではないが、一応注意はして、美那は乃恵瑠の靴を揃《そろ》える。

「ママー！　すごいよ！　ホテルみたい！」

子ども特有の高い声が、広いペントハウスの中に響いた。

ふっ、と後ろで笑う声がした。振り向くと、公輝がこぶしで口を覆《おお》いながら、笑いを堪《こら》えていた。

「あ……その、すみません」

「いいや、謝ることじゃないよ。元気で、かわいらしくて……うん、嬉しいよ」

乃恵瑠は、目をつけていたソファの周りをぐるぐる回っている。

「さぁ、あがって。美那」

公輝はそう言って、美那と乃恵瑠を招き入れた。


情緒はすべてブチ壊れたが、再会の場所を公輝の家にしたのは正解だったのかもしれない。リゾートホテルと呼んでもおかしくないペントハウスは、乃恵瑠の緊張をすべて吹っ飛ばしてくれた。

窓から見下ろせる風景には興味は持たず、怖がって必要以上に近づくことはなかったが、それ以外のすべてに興味を持った。

公輝は乃恵瑠が興味を持ったものを丁寧に説明しながら、家中の案内をする。

そのふたりの最後尾に美那はついていった。そして、この家の豪華さに度肝を抜かれた。

あらゆるところが大理石だし、あらゆるところにローストマホガニーが使われている。モデルハウスのような家具が完璧な配置で並んでいて――聞いたところ、インテリアコーディネーターがすべて揃えてくれたそうだ――、ベッドルームが三つと、天井の高いリビングダイニングを次々と見て歩く。

アイランド式の広々としたキッチンには、いくつかのスパイスやハーブが置かれていた。

とてもきれいに保っているが、日々、料理をするのだろう。コンロにはコーヒードリップ用の口の細いやかんが出しっぱなしだ。

「すごいね～すごいね～」

乃恵瑠はそう言いながら、しばらく家中をうろうろして、ロボット掃除機を不思議そうに追いかけ始めた。

「これ、生きてる?」

「うーん、生きてるかもしれないね。乃恵瑠くんはどう思う?」

「うーん、むずかしいなぁ、うーん」

首が左右に揺れる度、子ども特有のふっくらとした頬が揺れる。ロボット掃除機が動くあとを追いかけながら、生命の不思議を噛《か》みしめているのだろう。

「お名前、なあに?」

「え?」

乃恵瑠がぱっと顔を上げて、公輝を見つめた。視線が正面から合ったのは、初めてだろう。

公輝は一瞬怯《ひる》んだ表情を見せた。

「……ええと、名前……ロボット掃除機だよ」

「?」

今度は乃恵瑠が首を傾げる。

ロボット掃除機、その言葉は恐らく三歳の辞書にはない。

少なくとも、乃恵瑠の生活圏内にいるロボットは、アニメに出てくるキャラクターなので、地を這《は》う謎の円形の物体と結びつくことはないはずだ。

「お名前だよ〜、お名前」

「お名前」

「乃恵瑠ね、おうちにね、ルルちゃんいるよ」

「る、ルルちゃん？」

公輝の頭の上に、大きなはてながたくさん出ている。

「ルルちゃんは、乃恵瑠のお気に入りのお人形です。こう、お世話ができる人形で」

「ああ……！　妹も持ってた……結構リアルな赤ちゃんの。そんな商品名だったっけ？」

「違うんですけど、どうしてか乃恵瑠はルルちゃんって名前をつけていて……実家の近所のわんちゃんの名前なんです」

「ルルちゃんはね、ルルちゃんだよ。きょうはね、お留守ばんしてるの。ねんね〜ってしてきた」

「ね、ねんね〜……」

様々な言語を操るマルチリンガルの公輝が、乃恵瑠の幼児語に目を白黒させている。

ルルちゃんは、今日、乃恵瑠のおもちゃ箱の中、段ボールと乃恵瑠のお気に入りのタオルでこしらえた特製ベッドで寝ている。

保育園が休みの日に出かける時は、ルルちゃんをお留守番させる儀式があり、それをしないと家を出ないのだ。

儀式ができない場合は、美那のバッグにルルちゃんは櫛《くし》と一緒に入れられ、連れていくことになる。連れていったところで、外で乃恵瑠が遊ぶことはほとんどないが、そうしないと出かけられないのならば、持っていった方が早い。

美那のポケットには、消防車とタクシーのミニカー。そして、バッグにはルルちゃん。そういう日もある。今日はルルちゃんこそいないが、ミニカーは持っている。

出せと言われたのなら、すぐに出せる。なお、ミニカーには名前はないが、しゃべるそうだ。

「この子、お名前、なあに？」

乃恵瑠は懲《こ》りずに、ロボット掃除機を指さした。

公輝は、乃恵瑠から一メートルくらい離れた場所にしゃがむ。

「この子、まだお名前がないんだ。乃恵瑠くんが、つけてくれない？」

「いいの？」

「もちろん」

ぱぁっと乃恵瑠の表情が明るくなる。

「じゃあじゃあ、ミニカーものせていい？」

なにがどう「じゃあ」なのかは、美那にも分からないが、乃恵瑠は瞳をきらきら輝かせている。瞳どころか、全身から光が溢れるようだ。

公輝も微笑んだ。

「ミニカーも乗せていいよ。だから、この子に名前をつけてあげて」

乃恵瑠はその場で飛び跳ねた。


ロボット掃除機の上に乗ったタクシーは、流しのように部屋を走り回っている。

乃恵瑠によって「ローくん」と名付けられたロボット掃除機は、ほかならぬ公輝の手によって、背中に両面テープでタクシーを固定されている。

乃恵瑠は遊び疲れて眠ってしまい、美那は小さなわが子を抱きしめて、玄関で靴を履いた。

「すみません……乃恵瑠が疲れちゃったみたいで」

「いや、いいよ。乃恵瑠くん、かなりサービスしてくれたみたいだし」

「そうですね……サービスというか、はしゃいだんだと思うんですけど。本当にすごいおうちだから……乃恵瑠、ホテルが大好きなので」

「気に入ってもらえたなら、よかった」

「そうですね」

公輝は、ようやく力の抜けた笑みを浮かべた。

美那の腕の中で、すやすやと眠る乃恵瑠のあどけない寝顔を見て、ふふと短く笑う。

「かわいいな……、嫌われなかったみたいで安心したよ」

「嫌われるかもって思ったんですか？　公輝くんが？」

「ママのことを好きな男なんて、彼から見たら敵かもしれないし、そういうことで嫌がられたら悲しいなあって思ってたよ」

遺伝子上では、乃恵瑠と公輝はすでに親子だが、確かに彼らの間に親子の情という関係値はゼロだ。ましてや、今回、乃恵瑠には公輝が何者かを告げていない。

申し訳なかったが、公輝には交際を再開させるうえで、「乃恵瑠が公輝に懐かなかったら交際はできない」「それまで、親子であることを伝えない」という条件をつけさせてもらった。

ひとりの女でもあるが、乃恵瑠を守れる庇護者《ひごしゃ》は美那だ。

正直、あまり器用に母親と恋人を両立できると思っていないので、公輝には申し訳がないが、その条件は呑《の》んでもらった。

公輝のことは、好きだ。

やっぱり、この人を好きになってよかったと、向かい合うと実感する。

だからこそ、真剣に向き合わなくてはならない。そう、心に誓う。

公輝は抱っこされた乃恵瑠を覗《のぞ》き込む。

「撫《な》でてもいい？」

「もちろん、いいですよ」

確認してから、公輝はそっと乃恵瑠の頭を撫でた。

「わ……髪が柔らかい……」

細い髪をふわふわと撫でて、公輝は目を細めた。

「子どもって、髪の毛が柔らかいですよね。いい匂いもするし、不思議です」

乃恵瑠は、焼き立てのパンのような、甘い匂いがする。

「んん……」

「乃恵瑠、起きちゃった？」

「んー」

うっすらと目を開けたけれど、まだぼんやりとした様子で、美那の肩口にぐりぐりと乃恵瑠は顔をこすりつけた。

「帰るから、ごあいさつして」

「帰るぅ？」

「そう、おうちに帰るの。だから、ごあいさつして、公輝くんに」

乃恵瑠は何度か瞬《まばた》きして、まぶたをクリームパンのような手でごしごしとこすった。

それから、公輝を振り向いて、

「ばいばーい」

と眠たそうな声で言った。

「ばいばい、乃恵瑠くん。よかったら、また遊んでくれる？」

「いいよー。どこにいく？　まことくんのおうち？」

保育園で仲のいい友達の名前を出して、乃恵瑠は首を傾げた。

思わず、美那と公輝が吹き出す。

「乃恵瑠くんが行きたいところで遊ぼう。なにが好き？」

「うーん。乃恵瑠ねえ、海がねー、好きだよ」

「じゃあ、今度は、そこに行こうか」

「うん、いいよ～」

乃恵瑠はにこにこ笑って、こくんと頷いた。

＊

乃恵瑠と対面した時、思った以上に自分が父親なんだとスムーズに思えたものの、運命的な感動だとか、涙が出てくるほどの感動……のようなものはなかった。

美那の目よりも色素の薄い瞳に、自分の影を見なかったと言えばうそになる。

もちろん、嬉しいが、それ以上に緊張した。この子の父ではあるが、この子の本当の意味での『父』になるのはとても困難なことだと実感したという心地が相応《ふさわ》しいだろう。

公輝自身は困難なことに挑戦することは、嫌いではない。

ただ、子ども相手には計算することが困難だ。年の離れた妹の世話でも思い知ったし、彼らの理屈を想像することはむずかしい。気分次第で様々な要求が変わり、その上言語も未発達なので伝える手段も限られている。そんな相手に対して、できることは少ない。

ただ、誠実に向き合う。それ以外に公輝が乃恵瑠にできることはなかった。

公輝の妹は自分が年の離れた末っ子であることも、いい家の娘だということも理解して、かなりお転婆《てんば》に育った。多少の無理は通る環境にいるので、愛嬌でごり押ししてごまかすきらいがある。

それを、公輝はどうにも対処できず、両親には苦言を呈しはする。

しかし、自分が妹に「だめぇ？」と言われてしまうとコロッと許してしまう。だからこそ、妹は愛嬌でごまかせると思い、自分が世界一かわいいと思って生きている。

それは子どもの時代での、健全な発想だと思う。

乃恵瑠は、子どもらしい面もあったが、聞き分けのいい子だった。その分、緊張した。子どもであることを最大限利用し尽くしている妹とは、別の惑星に住んでいるのかと思う瞬間もある。

恐らく性格的には美那に似たのだろう。彼女も物静かなタイプで、言葉よりも表情や瞳で気持ちを語る。

まずは、親しくなることだ。乃恵瑠とは。美那とだって、かなりの時間を離れて過ごした。実際にともに過ごせたのは、三か月もないのだ。

再会した以上、後悔しないために行動を続けるだけだ。

公輝にとって美那は特別な存在だ。

そして、子どもまでいる。

自分の人生を制御できると思っていた。制御できないものは諦め、手放すことへためらいはなかった。だが、この先はこれではいけない。

乃恵瑠のことは、努力が必要だ。ふたりとも手に入れると決めたのならば、自分が動くしかない。

クライストチャーチで美那を失ったあと、ずっと忘れようと努力をした。

でも、できなかった。美那の控えめな笑顔は心のどこかに棲《す》んでいて、折に触れて、ふわりと羽を広げた。

忘れることなんてできなかった。いままで様々なことを諦めてこられたのは、自分に情熱がなかったからだと思い知った。

いらなかったのだ、そもそも。だから、いなくなっても、どうにもならなくても、初めこそ反発心を持っても、次第に忘れられた。

これが恐らく、父の言う『愛』だ。

大事なものを守るために、自分に必要なものは分かっている。覚悟を決めて、誰の反対に遭おうとも――それが美那本人であっても――、扉を叩《たた》き続ける努力だ。

人生で選ぶ側に立つことが多かった公輝は、拒まれることに慣れていない。

だが、本当に欲しいものの前では、そういってまごついている場合ではない。

後悔は二度としない。

そういう決意と同時に美那と同じ職場で働くことは、ある種、修行のようだった。

美那がいると、不意に視線を持っていかれる。ついついそちらを見ようとして、意識して堪《こら》える。そういう間《ま》は、日々訪れた。

彼女は熱心に働いているが、それはほかの企画部の人間でもそうだ。

それなのに、彼女が飛びぬけて目に入るということは、自分が彼女をどれだけ大事に思っているかの証左《しょうさ》でしかない。

公私混同はしない。そんな姿を見せたくない。

そう思うのに、視線は美那を探ってしまう。

役職者のデスクがどうして、美那の方に向いているのだろう。日本のデスク配置の理不尽さにいら立った。

アメリカのオフィスはそれぞれ区切られていたので、個室まではいかずとも相手が見えないほどの高さの囲いがあった。その中に、自分の家族の写真だったり、好きなスターの写真やアートなど、それぞれ個性を発揮していたものだ。

同じ戸ノ崎ホールディングスの中、日本とアメリカというだけでこうも違うのだろうか。

（……デスクをパーティションで囲った方が効率は上がるんじゃないか？）

どれだけ上が締めつけても、サボる人間は、サボる。それを体感的に公輝は知っている。囲いがあってもなくても、サボる人間にとっては些細《ささい》なことだ。

現実逃避だとも分かっていた。自分がうまく美那と向かい合えないことの責任転嫁が情けない。

公輝はオフィスの隅にある、カフェブースに向かった。

エスプレッソマシンがあったはずだ。目を覚まそう。

カフェブースに、美那が立っていた。

「あ、お疲れ様」

「……お疲れ様です」

公輝は何気ない風を装って声をかけた。そういうそぶりは得意なはずだ。得意なはずだというあいまいさも、いままでの公輝の人生の中では無縁だ。

基本的に、美那はパンツルックが多い。企画部の女性が全体的にそうだというものあるが、美那の場合は保育園に子どもを預ける都合もあるのだろうと最近なら分かる。

ニュージーランドでの美那はワンピース姿が多かった。

あのころと比べると随分と、大人びて見える。もちろん若々しい肌をしているが、表情も立ち居ふるまいも思い出の中の美那とは違う。

話しかける話題も見当たらず、公輝は美那から適切と思われる距離を取ってエスプレッソマシンに向かった。カップをセットして、振り向く。

美那がこちらを、申し訳なさそうに見ていた。

「あの……戸ノ崎さん」

「はい。なんでしょうか」

「折り入ってご相談なんですが」

公輝くんではなく、戸ノ崎さんと呼ばれ、背筋が伸びた。仕事の相談かもしれない。

「なにかありましたか？」

公輝は頭の中で、企画部で現在走らせているプロジェクトを思い浮かべる。

それはマップのようになっていて、誰がどこで関わっているか、どうなっているのかを、頭の中で図式化して把握していた。美那が関わっているいくつかのプロジェクトを判別する。

「あの……」

「はい」

「……その……」

「はい？」

美那は明らかに言いよどんでいる。

エスプレッソマシンから、コーヒーの香ばしい匂いが漂ってくる。

「あの……乃恵瑠がまた遊びたいって言っていまして……」

「ん？　……ん、ああ、息子さんが？」

「はい……ご迷惑かとは思うんですが、また、お邪魔してもよろしいでしょうか」

「構わないけど……」

美那の提案に困惑してしまう。

職場で乃恵瑠のことを口にするなんて、ぎょっとしたが、すぐに理解した。

（――そうだ、連絡先を交換してない）

美那がバレないようにバレないようにと隠して対応しようとしていたから、公輝も表立って連絡先を交換しなかったのだ。

「俺の番号、覚えてる？」

美那は、少しの間だけ間《ま》があったが、こくりと頷いた。

「あのころの番号と同じですか？」

「変わってないよ」

「分かりました。なら、覚えています」

覚えています、という美那の返事に、公輝の心臓の奥がざわざわと震えた。

いまでも、覚えてくれている。四年前にかわした携帯電話の番号を。

叫《さけ》び出しそうになったが、堪《こら》える。

表情が緩まないように、腹の底にぎゅっと力を入れた。

「じゃあ、そこに連絡して。ショートメールでいいから。そこでメッセージアプリのIDを伝えるね」

「はい、よろしくお願いします」

あくまで、なんでもないように。ただの同僚のように。公輝はエスプレッソを取り、一口飲んだ。苦味《にがみ》にぐっと眉を寄せて、気合を入れる。

大丈夫、大丈夫、なにもない、大丈夫、いつもと同じだ。

「どうした、おふたりさん。ふたりきりでサボりか？」

突然、叔父の声がして、ふたりの合間の奇妙な緊張を破った。

ふたり揃って振り向くと、叔父は秘書を連れて、向こうから歩いてくるところだった。それを見て、美那は深々と頭を下げた。

「前川さん、元気そうだね。変わりはないかな？」

「はい、おかげさまで」

叔父は気さくな様子で、美那に声をかけた。美那もはにかむようにして答える。

公輝はというと、爆音で鳴る心音にめまいを覚えるほどだった。叔父に美那との会話を聞かれていないか気が気ではない。

「社長、なにか急ぎの要件ですか？」

「お前の姿が見えたんでな、ついつい立ち寄ってしまった」

叔父が笑って公輝の肩を叩いた。

公輝自身、多くの時間を企画部で過ごしているが、副社長としての肩書もあれば、それに類する仕事もこなしている。

社長と副社長として、叔父とは週に一度は必ず顔を合わせてブリーフィングをしている。

それ以外にも、副社長として立ち会った方がいい場面などは、急遽呼び出されることもある。

公輝も多忙だが、当然、叔父はその倍は多忙だ。先ぶれもなく、こうして本当にふらっと立ち寄ることは初めてのことだ。

「前川さん、うちの甥っ子はどうだい。偉そうにして、仕事の邪魔なんてしていないかな？」

「そ、そんなことはないです。副社長はいつも、しっかり働かれています……って言っても、私はほとんどご一緒する機会はないんですが……」

ふたりのやりとりに、公輝は微《かす》かな違和感を覚えた。なんだか、妙に距離感が近い。

公輝は首を捻《ひね》った。美那は礼儀正しいし、叔父も若い女性社員だからと特別に構うようなことはない。正直に言えば、接点もない一部署の人間の名前を、その会社の社長が覚えていることに戸惑った。

不自然にならないように気をつけながら、公輝は叔父に尋ねた。

「社長は前川さんをご存じなんですか？」

「ああ、まあね。印象深い子だったしね」

「印象？」

「その……社長が私を採用するように後押しをしてくださったんです」

美那が言うと、叔父は「それは言いすぎだよ」と首を振る。

「最終前の面接で初めてお会いして……」

美那が訥々《とつとつ》と語るのを、叔父は止めなかった。

「最後の面談で、入社後、どんなことに取り組みたいかっていう質問があったんです。私は、正直に話すことにして……ええと、子どものことを」

「妊娠しています。いまはまだお腹は目立っていませんが、入社前に出産の予定があります。御社のリビング・フロントヤードには子ども連れも多いですが、戸ノ崎ホールディングスのほかの郊外型ショッピングモールに比べると少ない印象があります。実際に子どもが生まれるとなってから、様々なことを見る視点が変わりました。この年代で母としての意見を持ち、リビング・フロントヤードの多角的な活動を支えていける存在になりたいです」

「社長、覚えてくださっていたんですか……」

美那は驚いたように瞬《まばた》きをした。叔父は「印象深かったと言っただろう？」と笑った。

だが、その内容は公輝の胸を深くえぐった。

「それで、叔父さんはなんて？」

「彼女が言った瞬間、面接官も凍りついたのが分かったよ。別にね、ないわけじゃないんだ、妊娠をしていたり、実は子どもがいたりってことはね。ただ、彼女ほど真っ直ぐに正面から来た子は初めてだった。私は思ったんだ。確かに、リビング・フロントヤードの顧客層は二十代の女性も多いが、子連れとなると圧倒的に他のホールディングスの郊外型ショッピングモールに負けている……年の近い、しかも、シングル家庭だという彼女の意見は、これからとても重要になるんじゃないかってね」

「……そうなんですね」

「ああ。お前も知ってのとおり、リビング・フロントヤードにも『ガラスの天井』がないとは言えないだろう。管理職も男性が圧倒的に多い、だがね、戸ノ崎ホールディングスの社員は総数で考えたら、女性が過半数を占める。なのに、いまの状況はよくないんじゃないか……そう思ってね。彼女を総合職として入れることが、ひとつ、意識変革につながるといい、そう思ったんだ。令和だぞ、女性の意見や視点はもっと取り入れていくべきだ」

経営者としての叔父の判断を聞きながら、公輝は落ち着かない気持ちになる。

「そもそも、自力で三次まで残っていただけある。とても優秀な子で、真面目だ。企画部でもしっかり働いてくれていると聞いているよ」

「ありがとうございます、社長のお言葉添えがなかったら、きっと落ちていたと思っています……、覚悟はしていましたから」

「そんな覚悟はいらないんだ。私個人としては、産休育休でキャリアが滞ることも、どうにかしたいんだがね……、いかんせん、私ひとりでできることではないから、申し訳ない。そういえば、前川さんのお子さん、いつか会えるかなと思っていたけれど、機会はなくて、まだ会っていないね。もう大きくなったんだろう」

無邪気な叔父の質問に、美那の笑顔が凍りついた。

その面接当時、彼女のお腹の中にいた赤ん坊は、いまは無事に三歳になった。

父親が戸ノ崎ホールディングスの御曹司だということは知らなかったので、面接で口にできたのだろうが、いま、この場には、関係者しかいない。

子どもの母、父、そして、祖父の弟。

「三歳になりました」

「おお、もうお兄ちゃんだね」

美那は、凍りついた笑顔のまま、頷いた。

「すみません、私、そろそろ戻ります」

「ああ、すまないね、呼び止めて。午後も頑張って」

「はい、失礼します」

美那は、紅茶を片手に小走りで企画室に逃げていく。

関係を再構築しようとしている段階で、この手のトラブルは避《さ》けたかった。いまの段階で家族の誰かに美那や乃恵瑠の存在が伝わってしまえば、うまくいくものもうまくいかない。

当人同士の話で終わらなくなってしまう。

「どうした、公輝、むずかしい顔をして」

「え……ああ。すみません」

叔父に指摘されて気づいたが、眉間に深い皺《しわ》が走っていた。

「お前、前川さんとは親しいのか？」

叔父の質問に、どう答えるべきか悩みつつ、首を振った。

「普通の同僚……ですね。会えば世間話程度です」

「ふーん」

「なんですか、ふーんって」

「いやぁ、さっきの話の間に、『叔父さん』って私を呼んだの、気づいていたか？」

「え……？」

絶句した。思い出せない、それほど焦《あせ》っていた。記憶力はいい方なのに、そのあたりの記憶がすっぽりと抜け落ちている。

叔父は苦笑した。

「年も近いんだ、邪険に扱うなよ」

「邪険にって……そんな風に見えましたか？」

「見えたね。彼女が苦手か？」

まさか、と答えようとして、迷う。

公輝は美那を苦手に感じていると誤解している方が都合がいいのではないか？

しかし、美那は最愛の女性だ。二度と手放したくないほどの愛した人間だ。

そんな相手を、『苦手』だと、言いたくなかった。

本当はそう言った方が円滑に済む。以前の美那に出会う前――いや、美那以外に対してなら、きっと『苦手』だと言った。

いまの公輝は、美那を拒絶する言葉を、うそでも言いたくなかった。

「少し驚いただけです。でも、確かに、出産や育児がここまでキャリアに影響するのはよくないですね。副社長としてできることがなにかあれば、言ってください」

「頼りにしてるぞ。兄さんもそれでお前を、海外に出していたんだろうしな」

「頑張りますよ」

自分はうまくごまかせただろうか。

公輝はひとり残り、カップの底に残ったエスプレッソのあとを見つめた。

美那と乃恵瑠とのこれからを築き上げるためにも、いまは、まだ、時は満ちていない。

第六章

乃恵瑠《のえる》は、公輝《こうき》に思ったよりもスムーズに懐《なつ》いた。

あれから何度か、公輝の家に乃恵瑠を連れて行った。乃恵瑠は「こうくん」と呼び、マンションの部屋でミニカーを走らせることを楽しみにしている。

ちゃんとロボット掃除機のローくんを乃恵瑠はまだちゃんとかわいがっていて、すぐ後ろをミニカーで追いかけていく。

公輝と乃恵瑠はぎこちなくあるものの、少しずつ仲良くなっていた。

「ねえ、こうくん」

「なあに、乃恵瑠くん」

「今度ね、乃恵瑠ね、保育園でお泊まり会なの。今度、こうくんのおうちにもお泊まりしていい？」

ミニカーを走らせていた乃恵瑠が、顔を上げて公輝に尋ねた。

「え、この家？」

「うん。こうくんのおうちね、ホテルみたい～。お泊まりしてみたい」

にっこりと笑った乃恵瑠に、公輝は戸惑ったように顔を強張《こわば》らせ、ちらりと美那を窺《うかが》った。

どう答えたものか、公輝は心底困り果てているようだった。

美那が逆の立場だったら、同じように困っただろう。

(そして、きっと……私が公輝くんの立場だったら、泊めてあげたい……)

美那は、苦笑いで頷《うなず》いた。すると、公輝はほっと息を吐《つ》いた。

「ママがいいって。大丈夫だよ」

「ほんと～!? ママ、いいの?」

「いいよ。け・ど」

美那は、いまにも走り出しそうな乃恵瑠の目をしっかりと見つめて、口を開いた。

「まずは、乃恵瑠は元気にお泊まり保育行ってからだよ」

「うん!」

とろけそうなほどの満面の笑みで、乃恵瑠は頷いた。


乃恵瑠を連れて遊びに来たことは何回もあったが、長居はあまりしていない。

大体、昼過ぎに向かって、夕方には帰る。いつもはそのスケジュールだったが、今回は、初めて夕飯をともにした。

夕食は、公輝の手作りのハンバーグプレートだった。お子様ランチのようなそれに、乃恵瑠は目を輝かせた。

恐竜の足跡のハンバーグ、チキンライスの山からは、ケチャップの溶岩が噴き出している。美那たちもハンバーグとオムライスのプレートだった。乃恵瑠のものと違うのは、バジルサラダやシーフードマリネが添えられているところだ。

遊びまわって、お腹いっぱいまで食べた乃恵瑠は、すーすーとリビングのソファで寝ている。公輝が持ってきたふかふかのブランケットにくるまって、気持ちよさそうだ。

「乃恵瑠くんに喜んでもらえてよかったよ」

「え？」

「ご飯。さすがにちょっと緊張した」

そう言って、公輝は食器を洗う手を止めて、いたずらっぽく笑った。そばに立っていた美那は首を傾《かし》げる。

「本当はさ、いろいろ買ってあげたいんだ。乃恵瑠くんにさ、ミニカーとかもだし、服とかも。でもそういうのは迷惑になるかもなって思って、手の込んだものを作っちゃったよ。普段も自炊はするけどね」

「今でも、料理しているんですね」

「意外？」

「昔作ってもらいましたけど、今、忙しいでしょう？　キッチン使ってる様子はあったから、料理はしているんだろうなぁって思ってましたけど」

「うーん、無心になれるから結構好きなんだよね、料理。っていっても、妹が生まれてからだけど」

彼には年の離れた妹がいる、ということは知っている。

「年が離れてるからさ、結構寝かしつけたりとか、俺もしてたんだよね。母親はさ、割と仕事に復帰するのも早かったし、ハウスキーパーとかナニーとかが家の管理をしてくれてたんだ。海外は国によってはハウスキーパーを雇うのが普通って土地もあったから」

「なんとなく分かります」

日本ではハウスキーパーは富裕層のイメージだが、海外では——特に出稼ぎの多い地域では、女性の貴重な働き口として機能している。

戸ノ崎《とのさき》ホールディングスは東南アジアなどにもチェーンがあるし、公輝は長くヨーロッパ圏で暮らしていたと聞いている。

公輝はどこか懐かしそうに微笑《ほほえ》みながら、備えつけの食器洗浄乾燥機に皿を並べ始めた。

「妹に、日本の絵本も用意してたんだよ。そのひとつに、パンケーキが出てきたんだよね。それを見てさ、妹は『パンケーキ食べたい』って言い始めたわけ。それを聞いて、俺はハウスキーパーに聞いたんだよね、『俺にも作れるかな』って。彼女は『作れる』って言って、一緒に作ってくれたんだ。作れはしたけど、全然上手にできなくて、妹は見事にハウスキーパーが焼いた方だけ食べてさ。さすがに堪《こた》えたなぁ」

「それが初めての料理なんですか？」

「うん。それから、何回かおやつ作りを手伝ったり、料理を習ったりしてさ。いまはそこそこ作れるようになった。乃恵瑠くんも気に入ってくれたみたいでよかったよ」

「気に入りますよ。お子様ランチみたいで、大興奮でした」

「それはよかった」

「それに引き換え、私なんか……」

美那は、お弁当の日が苦手だ。料理もそこそこ作れる程度で、得意とは言えない。

実家に住んでいた時は、手伝い程度に家事はしていたが、子どもとふたり暮らしで、仕事と両立させての家事は、経験したことのない大変さだ。

「……公輝くんなら、上手にキャラ弁も作れるんだろうな……」

お弁当も、キャラ弁を作ろうとしても、うまくいかない。

申し訳ないが、美那にできるのは、キャラクターの顔が描かれたかまぼこの目にゴマをつけることや、おにぎりに型抜きした海苔《のり》をつけるくらいだ。

「ん？　作ろうか？　保育園とかもお弁当の日、あるもんね」

「そ、それはさすがに！　でも、よかったら、今度、海に行く時にお願いします。きっと、乃恵瑠、喜ぶんで」

何気なく美那が言うと、公輝はバッと勢いよく振り向いた。

琥珀《こはく》色の目は、猫のように真ん丸になっている。よほど驚いたのか、いままで見たことのない表情をしている。

オフィスの中での公輝はフォーマルにふるまっているが、美那は彼の素の表情を知っている。クライストチャーチでよく見せてくれた、柔らかい、そしてどこか少年のようなあどけなさを残す笑顔もよく覚えている。

そのどれとも違う、本当に驚いた顔で、美那をじっと見下ろしている。

「本当に海、行っていいの？」

「え、は、はい……。さすがにちょっと遠出した方がいいかなって思いますけど……。海も好きだし、動物園に小さな遊具があるようなところが、乃恵瑠大好きなんです」

「――……分かった。気合入れてキャラ弁作るよ」

公輝が美那の手首を掴《つか》んで、抱き寄せた。シャツの下、意外と引き締まった公輝の腕や胸を感じる。

懐かしい公輝の香りと、腕の温かさにドキリと胸が高鳴る。

「こ、公輝くん……？」

「ごめん。ちょっと落ち着きたいから、抱きしめさせて」

（た、確かに、公輝くん心臓がすごくバクバクしている……）

　理屈はいまいち分からなかったが、美那はおずおずと公輝の背中に腕を回し、その背中をぽんぽんとなだめるように撫《な》でた。

　撫でられて公輝は「はは」と短く笑い、美那の髪に鼻先をうずめた。

「ありがとう、美那。海、乃恵瑠くんは誘ってくれているけれど、俺が本当に行っていいのか、結構悩んでいたんだ」

「そうだったんですね、でも、乃恵瑠は楽しみにしてますよ」

「そうは言っても、乃恵瑠くんから見たら、俺は突然現れたよく知らないおじさんだ。口ではああ言ってくれていても、子どもはすごく敏感に空気を読むからね……もしかしたら、本心とは限らないんじゃないかって、そんなことも考えたりしたよ」

　乃恵瑠は、その場でのうそをつくことは得意じゃない。

　リップサービスが得意な子どももいるだろうが、乃恵瑠は保育園でもどちらかというとからかわれてしまう方で、おとなしい子たちとは遊べるが、やんちゃな子は怖がってしまって近づけない。

　そんな乃恵瑠が何度も「こうくん」というからには、本当の本当に懐いているとは思うが、公輝が怯《おび》えるのも理解できる。

「乃恵瑠は、私に似て、そこまで器用な子じゃないです。今度、もう一度約束してあげてください。きっと、すっごく喜ぶから」

公輝はそっと腕を緩めて、美那の顔を覗《のぞ》き込んだ。

「君も？　美那も喜ぶ？」

「はい、もちろん」

乃恵瑠が受け入れないのなら、この先、ふたりで歩むことはない。美那はひとりで育てると決めた時に、自分のためだけに恋人は作らないと決めていたし、乃恵瑠のために「父親を作る」こともしないと決めていた。

自分ひとりで育てる自信があったからではない。

それよりもなによりも、乃恵瑠にめいっぱい愛情を注ぎたかったからだ。

美那の持っている愛情のすべてを、乃恵瑠に注ぎ込む。恋人がいては、きっと比重は同じではいられない。

その決意は、公輝には適応されないようだ。

美那を愛した男。美那に恋と愛のすべてを教えた男。

公輝は、乃恵瑠のことを打ち明けた時、一度も美那を疑わなかった。戸ノ崎家の御曹司として育ち、人の嫌な部分は嫌というほど知っているはずの彼が、乃恵瑠を自分の子として受け入れてくれた。

美那を信用してくれた。

（本当は、ずっと三人で暮らせたかもしれなかった。その機会を奪ったのは、私だ。向き合いもせずに、逃げた私のせいだ）

「美那。俺は、君を諦めたくないっていう理由だけで、乃恵瑠くんに優しくしているわけじゃない。あの子がとてもいい子で、自然と俺まで笑顔にしてくれるからだ」

「はい」

「そんな風に子どもを育てた女性を、誇《ほこ》りに思うよ」

公輝の言葉に、美那の胸は詰まり、涙に視界が歪《ゆが》む。

「もともと素敵《すてき》な女性だったのに、さらに魅力的になった。君を閉じ込めて、どこにも行けないようにしてしまいたい。でも、もっと君が自由に羽ばたいていくのを見守るのはもっと素晴らしいことだと思う」

「公輝くん……」

「美那、もう一度、君を愛してもいい？」

返事はできなかった。こみ上げてきた感情のひとつも、言葉にならなかった。

俯《うつむ》いて泣いてしまった美那の涙を、公輝は止まるまで優しく、ずっとぬぐい続けてくれた。

それが、ふたりの中では、なによりも雄弁な『答え』だった。

＊

乃恵瑠は「お泊まり会眠れるかなあ」と心配そうに荷造りをして、保育園に向かった。

以前は不安がる姿に美那も心配な気持ちになったが、乃恵瑠は割となににに対しても心配するので、行事ごとの乃恵瑠の心配に慣れていた。

実際に保育園に行って、お友達や先生と顔を合わせると霧散する心配に、毎回美那が動揺していると、その動揺は乃恵瑠に伝わって、いい方向には進んでいかない。それは乃恵瑠を育てている三年の間に学んだ。

おおらかなくらいが、子どもにはちょうどいい。

特に乃恵瑠のような子にはそうだ。美那が神経質になっている姿を見ると、心配事が無限に増えてしまう。

「いってらっしゃい、乃恵瑠」

「うん。ママも、気をつけてね」

お泊まり保育に向かう乃恵瑠は、見送る美那に小さな手をぶんぶんと振った。

――ママも気をつけてね。

乃恵瑠はなにも分かってはいないだろうが、その言葉に美那はドキリとした。

（……私も、行かないとな）

乃恵瑠はもう、母親に背を向けて自分の世界に視線を向けている。思えば随分と大きくなった。

美那は「ふぅ」と強く息を吐いた。

（公輝くん、待ってるだろうな）

公輝のマンションに、電車で向かうのは初めてのことだった。いつも車の窓から見る風景と、電車の窓から見えるものは、なんとなく違って見えた。

それは、線路が道路よりも上にあるからかもしれないし、美那の決意の違いかもしれない。

初めて、美那は公輝のマンションに、ひとりでゆくのだ。

あの時の恋をもう一度、ふたりで初めるために。

＊

ああ、やっぱりこの人でなければだめなのだ。

公輝は扉を開けて、はにかんだ柔《やわ》らかな笑みを見て、自然とそう感じた。

やっぱり、この人と出会うために生きてきて、いままで歩いてきたのだ。

大げさかもしれないが、ニュージーランドでの出会いの時から、再会したいまでも痛感する。

彼女は公輝にも、奇妙なほどに物おじをしない。

それは、公輝にとって望んでも手に入れることがむずかしく、そして、この世界でもっとも望んでいたことだった。

それを、軽々と当然のように与えてくれる。

その存在を愛さずにいられるというのなら、その方法を教えてほしかった。

「いらっしゃい。美那」

「――はい、お邪魔します」

美那が笑顔で返事をしてくれる。

それだけで、こんなにも胸が高鳴る。嬉《うれ》しい。

「あ、あの、これ、なにを用意していいか分からなかったんですが、ちょっとしたものを用意しました。つまめるものがいいかなと思って、サンドイッチです」

「そんな、いいのに」

美那がランチトートを差し出してきた。公輝が受け取ると、想像より重い。

「サンドイッチ、だよね？」

「何味がいいか分からなくて、気づいたら大量に作ってしまって……」

公輝が知っている範囲で言えば、美那はそこまで料理が得意ではないはずだ。

恐らく乃恵瑠の宿泊保育のために用意したお弁当の延長なのだろうが、それでも嬉しい。

「ありがとう。じゃあ、お昼は、これをいただこうかな」

「公輝くんの、お口に合えばいいんですけど」

美那は恐縮しながらも、微笑んだ。

「楽しみだな……」

そう言ってから、いつもの癖《くせ》で彼女のすぐそばを見下ろした自分に、公輝は気がついた。

いつもなら、乃恵瑠がちょこんとミニカーを片手に立っている場所。

今日はそこには誰もいない。乃恵瑠はお泊まり保育で、家を空ける。

だからこそ、なにより子どもを優先する美那が、公輝の家に泊まることを了承したのだ。

乃恵瑠がいない方がいいとは思わない。だって、もう、あの子は美那の一部であるし、公輝にとっても一部と呼んでもよかった。

美那と乃恵瑠さえ望めば、父だと言い出す心つもりはとっくについていた。

まだ、その日は来ないけれど、いつかは迎えなければいけない。

いつもとは違い、ワンピース姿の美那に、公輝はなにも言わず感激していた。髪の毛だって、下ろしている。

子どもがいない日、公輝とふたりきりで過ごすために、美那がいつもより少しだけでもおめかししようと思ってくれていたのなら、とても嬉しいことだ。

という、甘酸っぱい感傷は、一分と持たないうちに終わった。

リビングの入り口で、美那がぴたりと足を止めたからだ。

「……美那？」

「あの……え？」

美那の視線を追って、リビングを見る。

そして、恥ずかしくなった。リビング中に、荷物が広げられていたのだから。

ラッピングされた大小様々な箱、箱、箱。どうにもきれいに並べられなくて、まるでクリスマスのようになってしまった。

「な……え……？」

「ああ、ごめん、散らかってるよね」

「ち、散らかっているっていうか……、え？」

足の踏み場もないほどに広げた荷物を前に美那は立ち尽くしている。よっぽど困惑しているのか眉尻が下がっていた。

公輝は首の後ろをかいた。

そして、奥に見える淡いグリーンの箱を指さす。

「あのブランドはロゴの変更が二年前にかかってる。あのロゴは旧デザイン」

「はぁ……」

普段の様子からして、美那は特段ブランド物を好まない。子育てにお金もかかるからか、ブランド品よりは実利のあるものを選び、身に着けている印象がある。

公輝自身にはこだわりがないのだが、自分で身に着けてみた時の感触だとか、質のよさを鑑みるとどうしてもブランド物を選ぶのが実際だ。

なので、プレゼントもブランド物が多い。

「ここにあるものは全部、君と離れてから買ったもの。四年の間、君にあげたかったもの、見せたかったものを集めたんだ」

「……どうして……？」

「君を探さない代わりに、君を思ってプレゼントを選んでいたんだよ」

情けない話だ。

四年間、公輝は美那を積極的に探さなかった。会いたかったが、もし彼女が自分を嫌って黙って去ったのだとしたら、知らない方が幸福だった。

ただ、思い出は色あせず、彼女への思慕は深まるばかりだ。自分のものを買いに立ち寄った時や、ファミリーセールの案内、新作発表の案内でも、美那に似合いそうだと思うものがあれば、ひとつは買っていいと決めて、購入した。

渡す予定のないプレゼントは、引っ越しの度に「こんなにあったのか」と驚くほどの数になったが、それでもやめられなかった。

捨てることもできず、どんどん増えていく。

美那を探さない。そう決めた心が揺らがないように。

「こんなにたくさん……？」

美那の問いかけに、公輝は苦笑を浮かべた。

「引いた？」

「引くというより、驚きました。お金、もったいない気がして……」

「もったいない……か」

「だって、私に再会したのは本当に偶然でした。私だって、再会するまで公輝くんのお父さんのお電話を曲解したままだったし……関係をまた深められるなんて、思ってもみなかった。

――公輝くんは違うんですか？」

その指摘は、全くそのとおりだ。

いつ会えるか分からない美那のためにこんなにたくさんのプレゼントを買うなんて、正直言って、狂気の沙汰《さた》だし、他人の話として聞いたのなら、気味が悪い。

諦めるなり、いっそのこと玉砕覚悟で探し出せというだろう。

だが、公輝は、現実的な二択のどちらも取らなかった。プレゼントを買い続けるという現実逃避をし続けた。

「俺は、趣味がないんだ」

公輝は、美那に向かって語りかける。

人によっては嫌味だと言われかねないことでも、きっと、美那なら素直に聞いてくれる。

そんな風に感じて。

「勉強も、スポーツもそこそこできる方で、子どものころからあまり欲しいものが浮かばない子どもだった。必要なものはなんでも揃う環境にいたからか、貪欲さがなくてね」

「なんとなく……それは分かるかも。……公輝くんは、確かに貪欲さがないです。貪欲さっていうか、必死さ？」

美那が首を小さく傾《かたむ》けて、ぼそぼそと話を続けた。

「そうですね、必死さ。必死さが、人よりない気がします。……って、これじゃ言い方が悪いか。スマートなんです、全部。昔から」

「スマート、か」

自分がスマートに見えるのならば、やはりそれは、物事への執着がないからだ。

失敗も失望も、自分でコントロールできないことを恐れている。

美那に手を差し伸べる。彼女は、そろそろと公輝の手を取って、リビングに足を踏み入れた。

色とりどりのラッピングされたギフトボックスたちの中に、彼女が立っている。困惑と、隠しきれない喜びをたたえた美那の瞳の、深く深く澄んだ色に、ほっと息を吐く。

「受け取って？」

「こ、こんないっぱい、無理です。第一置く場所がないです！」

「じゃあ、来る度、ひとつずつでいいから。ね？」

そうねだるように美那の顔を覗き込む。

つないだ手がじんわりと汗をかき、美那の耳が桃色に染まる。

「ひとつなら」

――いまも昔も、美那は優しい。

そして、その優しさに、自分は、随分と救われている。

＊

美那が家で用意したサンドイッチは、ボックスに三つほどになってしまった。

乃恵瑠はまだ、ピーナツバターやジャムを塗っただけのものしか食べないが、それだけではなく、様々な種類を用意した。厚焼き玉子をはさんだものから、イギリスでよく食べられているサンドイッチの味をインターネットで検索して作ったものまで。

気がつけば、サンドイッチ用のパンだけではなく、買い置きの食パンまで使い、正方形のサンドイッチを量産していた。

公輝が手際よくすべてのプレゼントをしまう間に、美那はお茶の用意をして、テーブルにサンドイッチを広げた。

とりわけ用のお皿を並べている時に、公輝が戻ってきた。

「全部、作ったの？」

「はい……あんまり料理は得意ではないので、不揃《ふぞろ》いですけど……」

「食べても？」

「はい、もちろんです」

公輝がソファに腰かける。美那もお茶の入ったカップを手に、公輝の隣に腰かけた。

「いただきます」

「召し上がれ」

全部の味をひとつずつ食べると決めたのか、公輝はその長い指で、サンドイッチをつまむと頬張った。

「あ……」

中でも、そのひとつの味に、公輝の手がぴたりと止まる。

それは、キュウリとポテトサラダのサンドイッチなのだが、ポテトサラダの味つけにはカレー粉を使っている。

「これ、イギリスで食べた。カレー粉がアジア風だっていう、昔から人気のレシピだって」

「そうなんです。……ニュージーランドのホストマザーから教えてもらったレシピです、彼女はロンドン出身で」

ニュージーランドはいまも、紙幣にはイギリス国王が描かれているイギリス連邦の一員だ。イギリスにルーツがある人も多く、美那のホストファミリーもそうだった。

「そっか……なんだか嬉しいな」

「よかった、喜んでもらえて。安心したら、私もお腹すいてきちゃいました。一緒にいただきますね」

美那は、自信作だったサンドイッチをほめられて、ほっとした。キュウリは一枚一枚同じ厚さには切れていないし、ポテトサラダだって滑らかには程遠《ほどとお》いけれど、十分だ。

公輝がおいしいと言ってくれたのなら、それで。

「ねえ。美那」

「はい」

「好きだよ」

「っ……ぐっ、くっ」

「あ、だ、大丈夫⁉」

いきなりの愛の言葉に、驚きすぎてサンドイッチを喉に詰まらせた。

公輝は、美那の背中をぽんぽんと叩《たた》いて、お茶を渡してくれる。

「す、すみません」

お茶を一気に飲み干せば、サンドイッチが胃に落ちていくのが分かる。

間抜けすぎて恥ずかしい。顔を覆《おお》いそうになったが、そんな美那を見つめる公輝は、とても楽しそうに微笑んでいるだけだ。

「びっくりしたの？」

「しますよ……だって、いきなりだったし」

「うん」

「その……ええと……私」

私、私。

私以降の言葉が出てこない。

どうすればいいのだろうか。かつてニュージーランドで恋人として過ごしていた時、自分はどうふるまっていたのだろう。

恋人らしい対応とは、一体どういうものだったろうか。

心臓が冗談みたいに音を立てる。針をつき刺したら、弾《はじ》けてしまいそうだ。

「美那は、俺のことどう思ってる？」

「……公輝くんの、こと？」

「うん、俺のこと。俺はいまでも、美那を好きだよ。君は？」

「それはもちろん」

簡単な言葉では言い表せない。美那にとって公輝とは、人生で体験することもないほどの幸福を与えた人。

特別だったからこそ、ひとり帰国して乃恵瑠がお腹にいると分かった時も、産む決断ができたのだ。

あの人の子ども、あの人との日々の結晶。

その意識が美那の心をいっぱいにした。

宝物だった。

公輝との日々は、美那にとって人生でもう二度と射すことのない光で、宝石だった。

「——……好きじゃなかったら……、ここにはいません」

そうだ、ここにはいない。

いまでも公輝を好きじゃなかったら、美那はここには来なかった。ただの子どもの父親という存在だけではない。

恋は死んでいなかったのだと、公輝と再会して思い知った。

失われた時を埋めるために。

美那が思い違いをして奪ってしまった、ふたりの時間をまた始めるために。

「私は、公輝くんのことがいまでも大好きです」

——しっかりしているね、お子さんをひとりで育てて弱音も吐《は》かないし、偉いね。

美那がよく言われる言葉のひとつだ。

だが、そもそも美那は、学生時代から「しっかりしている」と言われるタイプだった。それに、子どもを産み育てると決めた時に、弱音も極力吐かないと決めた。

不用意に同情されるだろう、境遇を不幸だと思われることは目に見えていた。

自分をさらけ出すのは、怖い。誰だってそうだ、きっと公輝だってそう。

自分をさらけ出して、拒絶されてしまったら。

そう思ったら、手を伸ばすことは怖くなる。

でも、誰かと本気で向き合うのなら、いい格好ばかり見せていることはできない。

自分の泥臭いところも、うまくできないところもちゃんと自分自身が向き合っていないと、早晩、自分が潰れてしまうのだ。

美那はぎゅっと手を握り、公輝に体ごと向き直った。

自分は、器用ではない。何度も失敗もしている。でも、うそはもうつかない。

「公輝くんのことが、好きです」

「俺も、美那が好きだよ」

公輝が美那の肩に手をかけて、ぐっと引き寄せた。

彼の形のいい唇が近づいてきて、長いまつ毛がふわりと音を立てて閉じる。美那も目を伏せた。

触れ合った公輝の唇は、思ったよりも冷たくて柔らかかった。

すぐにキスは深くなる。

公輝の唇は、何度か美那の下唇を食《は》んでから、そっと舌先を差し込んできた。緊張で引っ込んでいた美那の舌を、自分自身の舌で絡めるように引っ張り出す。

（ああ……この感覚を、私は知っている……）

息さえも飲み込まれそうだ。

公輝の舌が、美那の上あごをなぞると、体から力が抜けてしまう。むずかしいことはなにひとつ考えられない。

得も言われぬ、温かな感情が全身をぶわっと包み込んで、美那の目をくらませる。

公輝はゆっくりと唇を離し、美那から体を離した。

「……場所を変えても？　美那。このままだと、ここで君を抱いてしまう。ちゃんとベッドで、大事にしたい」

そう問いかける公輝の瞳の底には、ほの暗い欲望の炎がともっていた。

公輝の寝室に向かってすぐ、美那はベッドに押し倒され、顔中にキスをされていた。

額から、頰、鼻先、そしてまつ毛まで。ちゅ、ちゅ、と音を立てるキスに、美那は身じろぎした。

「ふふっ……公輝、くん……っ」

くすぐったさに笑うと、公輝もふわりと微笑んだ。

「ずっと、もう一度君に触れたかった」

「……はい、私も」

公輝の言葉に、美那も思ったとおりに答えた。

すると、公輝はぎょっと目を丸め、それから、美那の耳元で囁《ささや》いた。

「――……俺のこと、試してる？」

「そんな……っ、んんっ」

公輝は美那の耳殻を舌先でなぶるようにして、ぴちゃぴちゃとわざと音を立てる。

美那の耳と言わず、首筋まで真っ赤になる。全身に一気に血が巡り、ぶわっと毛穴が開いたように全身が震えた。

公輝は美那の耳を攻めながら、美那のワンピースの裾をまくり上げた。

「あ……っ」

ワンピースの下には、透け予防にペチコートを穿《は》いていたが、それもスカートタイプだ。いっぺんにめくられてしまえば、下着しか残らない。

咄嗟《とっさ》に足を閉じる。

（い、一応、今日のためにかわいいの買ったけど……！　で、でも……！）

美那が公輝に抱かれていたのは四年前、二十代前半だ。

美那も年を重ねた。

世間では若輩者だと理解していても、やっぱり自分の中で感じる時間の経過は重い。

あのころほど、若くない。肌も疲れが出てくるようになったし、自分で気づいていない変化はもっとあるだろう。

（どうしよう……公輝くんに、幻滅されたら）

胸は……少し大きくなったけれど、その分垂れたかもしれない。お腹だって、あのころよりは絶対にふくよかになっている。

ぐるぐると考え込んでいる美那を察したように、公輝は美那の頬にキスをした。

「美那、大丈夫」

「え？」

なにが大丈夫なの？　と尋ねようとして、意図がすぐ分かった。

公輝がぐっと腰を押しつけてきたからだ。熱くて、硬い彼自身に美那の体が思わず竦《すく》む。

興奮してくれている。いまの美那に。

少しだけ怖かったが、それ以上に嬉しかった。

「服、脱ぎたいです」

「じゃあ、脱ごうか。俺も脱ぐよ」

公輝はそう言うと、すぐに下着を残して服を脱いでしまった。

その体は、しっかりと鍛《きた》えられていて、美しいと感じるほどだった。筋肉に覆われた男の体から、立ち込める色っぽさに、もじもじと美那は俯いた。

こんなに素敵な人が、私を……なんて何度も何度も思った言葉が、やっぱり浮かび上がる。夢みたいだ、信じられない。

そんな浮ついた心を隠すように美那も背を向けて、ワンピースを脱ぐ。

その俯いたうなじに、公輝は噛《か》みつくようにキスをした。

「色っぽいよね、美那のうなじ」

「……っ」

「美那と知り合う前は、うなじなんて興味なかったのにな。美那はよく下を向くから、うなじがよく見えて……興奮してたよ」

「そ、そうなんですね」

「うん、引いた？」

美那はふるふると首を振った。恥ずかしいが、引くことはない。公輝が望ましいと思ってくれることがひとつでも多いことは、嬉しい。

公輝の膝に抱えられるようにして、美那は後ろ抱きにされた。

美那の白い滑らかな曲線を描く体と、繊細なレースで彩られた胸や秘部があらわになる。

背中は公輝の肌としっかりと触れ合って、彼の体温と鼓動を伝えてくる。

「あ……っ」

「覚えてる？　俺が、どんな風に美那を抱いたか」

公輝は、そっと乳房を下から掴み上げた。ぐっと持つと手を離して、また持ち上げて、落として。そうして感触を楽しんでいる。

胸は柔らかそうに揺れ、カップの中ですれる乳首は、微《かす》かに立ち上がってきていた。

「んん……覚えて……る……っ」

「よかった。昔からね、美那は、胸の横側をかわいがられるのが好きだった」

「あっ」

あっさりとホックを外されたブラジャーから、美那の胸がまろび出た。

すでに立ち上がりかけた乳嘴《にゅうし》は、外気にピン、と主張を激しくした。

そんな乳嘴を無視して、公輝は胸の横側を触れるか触れないかの弱さでなぞる。そのあいまいな刺激は、もどかしかったが、同時に甘い快楽をもたらす。

「うん……んんっ」

「ここ、覚えてる？　ここを舐《な》めると美那はいつも気持ちよさそうにしてた」

公輝の固い指が、胸の横を何度も何度も揉《も》み上げる。

覚えている、そうやって愛撫されたことも。

そして、その指にペンタコがあったこともはっきりと覚えている。たくさん努力して、勉強を続けていた人の手だ。

はぁ、と美那は熱い息を吐いた。後ろ抱きにされているせいで、快楽から逃れることができない。

「公輝、くん……っ」

「気持ちいい？　美那」

こくこくと頷く。公輝はにっこりと笑った。

それから、愛撫される度にぷるぷると震えていた乳嘴を、公輝は両方、きゅうとつまんだ。

いきなりの強い刺激に、美那は体をそらした。

「あっ、やっ……だめっ」

「んー？」

硬くなっている頂《いただき》をくりくりとこね回されて、美那は反射的に逃げようと身をよじる。

しかし、公輝に後ろからがっちりと抱きしめられているし、両方の胸は彼の大きな両手で包み込まれ、愛撫されている。逃げようとしても、その中で身じろぎするだけで精一杯だ。

逃げ場はない。その上に、腰に感じる公輝の熱に、くらくらしてくる。

するすると身じろぎに合わせるように公輝の片手が、胸から腹、へそをたどり、ショーツの上から美那の割れ目に指を這《は》わせる。

ぴしゃりと水音がする。

ショーツはすでに、美那から溢れた悦《よろこ》びで濡《ぬ》れていた。

見た目がかわいいからと選んだ繊細なショーツは、愛蜜を零《こぼ》してしまっている。

「うう……」

　恥ずかしくて、膝を閉じようとすると、その足を公輝にやんわりと止められた。大きな手が膝頭を割り、そっと白い腿を撫であげる。

「だめ、恥ずかしくないよ。俺に見せて」

「でも……」

「美那が感じてるって思うと、興奮する」

　公輝の声は、欲がこもり、低くかすれていた。

　ショーツの上から、割れ目を何度もなぞられ、その度に、体の奥からこぷりこぷりと蜜が溢れる。

「こ、公輝くん、よ、汚《よご》れちゃうから……！」

「うん。そうだね」

「あっ。ひゃ……っ」

　美那の抵抗は、簡単に崩落してしまう。

　公輝の左手は大きく開かれ、美那の両胸の頂を押し潰すようにして愛撫している。そして、右手はショーツを避《さ》け、公輝の指が濡れそぼった割れ目に触れた。

　両方の胸に、甘い蜜を零す花弁、そのすべてに触れられて、美那は首を振る。

「あ……っ、んんっ」

くちゅくちゅ、と音を立てて、割れ目を開いた。公輝の指は、すぐに美那の入り口にあてられた。

狭い蜜洞に公輝の指が忍び込む。しなやかな指先、それが、美那の中を刺激する。

もう何年も触れていないのに、公輝が触れただけで、その奥にあるなにかが、覚えのある熱が欲しいと訴える。それは理性ではない、感情だった。

強い、強い感情。

美那の体中を支配したその感情は、この男が欲しい、ただそれだけだった。

「はぁ……あっ……だめ」

「だめ？　なにが？　両方の乳首を転がされるのが？　それとも、こっち？」

公輝は尋ねながら、美那の胸をいじる手で乳嘴を強くこね、もう片手は蜜洞の中をゆるゆると刺激する。

美那の中で指が動く度、きゅうきゅうと形を変える。体は覚えている。公輝に愛される感触を。

だから、あさましく求めるのだ。

視線を逃がす場所がなくて、目をぎゅっとつむるしかない。

「あ、あ……っ、や、やだぁ」

くちゅ、くちゅ、と粘着質な音がどんどん大きくなる。その音を聞くと、きゅうきゅうと公輝の指を締めつけてしまう。

胸も蜜壺も刺激され、美那の体はびくりびくりと震える。

公輝に触れられたところが、熱い。

「気持ちよさそう。美那」

「んん、公輝くん……は？」

「美那の気持ちよさそうな姿を見てるだけで、俺も気持ちがいいよ」

美那の柔らかな尻たぶに公輝の熱い杭が押しつけられる。先ほども硬くなっていたが、より熱を帯びて凶暴さを見せつけている。

だが、その熱に、美那の腹の底が悦ぶ。

知っている、彼を受け入れる感動を、与えられる悦楽を。美那は知っている。全身で受け止めていた日々があった。

美那は力の入らない手で、公輝の手を制した。

公輝は愛撫を止めて、首を傾げる。

「美那？」

「……公輝、くん……、お願い、入れて」

公輝の瞳が、きゅうと小さくなった。

美那はベッドの上に押し倒されて、のしかかってきた彼の重みを感じる。お互いを隔《へだ》てていた頼りのない下着は、あっさりと脱がされ、床に落とされる。

「入れるよ……痛かったら、言ってね」

そして、蜜口に熱杭が触れる。ちゅう、とまるで口づけるような音が立って、美那は両手で顔を覆った。

真っ赤になった顔を、見てほしくなかったからだ。

「だめ。顔、見せて。感じてる美那の顔、見たい」

美那の手をそっと取って、公輝は指を絡めた。

「真っ赤だね、かわいい」

額にキスをして、それから、再び深いキスをする。

このキスは、だめだ。なにも考えられなくなる。上あごをこすられ、舌を絡めとられ、心地よさになにも浮かばない。

舌と舌が絡み合い、口の端からどちらのものとも分からない唾液がつぅと垂れる。

美那の体から力が抜けたのを見計らって、公輝は一気に腰を押し進めた。

「ああっ。ふ……んんっ」

指とは比べもののない熱量が、狭い隘路《あいろ》をこじ開ける。

ぐちゅん、と特別大きな音を立てて、公輝の腰と美那の腰がぶつかった。

「大丈夫？」

こくこくと頷く。美那の口からは、言葉にならない息が出てくるだけだ。

律動に合わせて、雄槍が行き来する。硬くくびれた先端が、美那の内壁をこする度に、甘ったるい声が漏《も》れる。

口から零《こぼ》れ落ちた嬌声は、公輝の舌に絡めとられ、お互いの間にあいまいに消える。

気がつけば、室内には規則正しいベッドの軋《きし》みと、蜜の音、そして、ふたりの息遣いだけが響いている。

時折思い出したように口づければ、さらに深いところをえぐられ、美那は体をそらした。

抱きしめ合った体も少しも離れないようにと腕を伸ばすと、公輝は隙間を埋めてくれた。

汗ばむ彼の胸に、美那の胸の尖《とが》りがこすれる。

「そ、それ、……いやぁ」

「どれ？」

どれ？　と言いながらも、公輝はぺたりとくっつけた体を揺さぶった。硬く尖った乳嘴は汗ばんだ公輝の肌とこすれ合い、もどかしいが、はっきりとした快感を伝えてくる。

もっと、もっと強く。

そんな淫《みだ》らな思いがこみ上げてくる。

恥ずかしい。でも、気持ちがいい。公輝が与えてくれるすべてが、美那の体を変えていく。

「美那……きれいだ」

公輝はそう言いながら、美那の前髪を払った。

「なかなかイけないね」

「私はぁ……いいからあ……っ、公輝、くんだけでも……っ」

「いや、俺は美那がイく方がいいな」

「ひゃっ」

公輝の手が、美那の一番敏感な粒に触れた。

今日は一度も触れられなかったが、すでに真っ赤に充血して、いまかいまかと待っていたそこ。

親指の腹で、敏感な粒を軽く押さえ、そして、突き上げるように腰を大きく振る。ごりっと、最奥がえぐられ、あまりに強い刺激に、美那の体はびくびくと大きく痙攣《けいれん》した。

「やっ……ああっ、ああ……あ……んんっ」

視界が白く染まる。

美しい白、公輝が教えてくれた、純白に。

第七章

リビング・フロントヤードの企画部の繁忙期は、小売りの繁忙期より少しずつ前倒しになっている。シーズンごとの大きなイベントとは別に、独自イベントなども配置して、月ごとにも企画を打ってはいるが、やっぱり花形は、クリスマスやバレンタインなどを筆頭にしたシーズンイベントだ。

近年では、巣ごもり需要の増加も後押しし、小売りチェーン各社が有名飲食店やホテルなどとコラボしたケーキやオードブルの企画を打ってきている。

多少高価格でも、本格的なものを。

プライベートでは、乃恵瑠《のえる》と食べられるキャラクターコラボのケーキしか何年も頼んでいないが、確かに有名なお店とのコラボ商品は、「お」と目が留まる。

どんなお店を呼び、どんなコラボ商品を作るか。価格と品質、そしてデザインの折衷《せっちゅう》案を見いだせるか。これは企画部の腕の見せ所だ。

美那《みな》はまだまだそんな大きな企画に関わることはできていないが、いずれ、クリスマス商戦のメンバーになることを、ひそかに野望としている。

様々なシーズンイベントの中でも、クリスマスが大好きだ。乃恵瑠の誕生日となってから、年で一番好きな日になった。

クリスマスに向けた動きはすでに一年計画で動いている。美那は彼らを横目に、自分の仕事を始めようとした……その時。

（ん？　メールだ）

しかも、社長秘書室から。

驚いて、すぐに開封した。完璧なビジネス文章から分かったのは、社長が今日の十七時に社長室で美那を待っているということだけだ。

（……なんだろう）

社長は美那のことを覚えていて、時々声をかけてくれる。

とはいえ、美那はただの社員だ。

社長が一個人、しかも、総合職とはいえ数十人同期がいる中では目立つ方ではない美那を呼ぶ理由。

――……戸ノ崎公輝《とのさきこうき》。

すぅっと血の気が引く。

社長の戸ノ崎信人《のぶと》は、公輝の叔父であり、現ホールディングス総帥の双子の弟。

美那はじっとメールを見つめながら、ひとり息を詰めていた。

一分《いちぶ》の隙もなくスーツを着こなした秘書が、時間より少し早めに社長室に向かった美那を通してくれた。

「社長。前川《まえかわ》さんがいらっしゃいました」

中には社長の信人がひとり、執務室で資料を見ていた。

「ああ、ありがとう。君たちはもう帰っていい。わたしも前川さんとの話が終わったら、今日は帰る」

「では、三十分後に下にお車を回すよう手配いたします」

「頼むよ」

秘書は社長に頭を下げて、退室した。

社長室に足を踏み入れたのは、初めてのことだ。さすが、大企業の社長室、美那の暮らす社宅の部屋がすっぽり入ってしまいそうな大きさだ。重厚でスタイリッシュな内装はシルバーやブラックといったメタリック調に統一されている。

社長は、入り口で立ち尽くす美那を見て、にっこりと笑った。

執務机から立ち上がり、応接セットへ促す。

「突然呼び出して悪かったね。仕事は大丈夫かな、お子さんのお迎えもあるだろう」

「いえ、とんでもないです、大丈夫です」

念のため、延長保育の申し込みはしておいたので、時間に余裕はある。

「ならよかった。手短に済ますよ、私も明日から出張でね、こんな隙間時間しか作れず申し訳ない。飲み物は？　秘書を帰してしまったから、簡単なコーヒーしか出せないんだが」

「飲み物は大丈夫です。お気遣い、ありがとうございます」

緊張で飲めそうもないので、美那は慌てて断った。

社長は「そうかぁ、今度はちゃんと用意しておこう」と言いながら、応接セットの上座に腰かけた。

「さぁ、前川さん、座って。ちゃんと話をしないといけないだろうから」

応接セットの一席を促され、美那は戸惑いながらも席に着いた。

「あの……お話って」

「君が一番分かっているんじゃないかな。前川さん」

そう言って、社長は微笑《ほほえ》んだ。

公輝と叔父は雰囲気《ふんいき》が似ているとは思うが、普段意識するほど似ているとは感じない。

副社長という立ち位置にいても、公輝とはそもそも個人として出会ったのだ。

いままでも、その気持ちは変わらない。お互いを必要としている。ただ、公輝の持つ背景は美那たちをただのありふれた恋人にはしてくれない。

美那は、ぎゅうと膝の上で手を握った。

「就業時間も過ぎているし、手短に済まそう。君、公輝と交際しているね」

それ以外に呼び出される用件はなかった。とはいえさすがに心臓が止まりそうだ。

美那は目を伏せて、一度だけ頷《うなず》いた。

「はい」

「息子さんも、公輝には会わせてるのかな？」

乃恵瑠の話題まで出てきて、美那は顔を上げた。社長はいつものように、見慣れた笑みを浮かべたままだ。

「……それはどのようにお答えすればいいですか？　正直、プライベートな話題すぎて、困惑してます……」

公輝の叔父、美那の勤める会社の社長。

その人に呼び出されて尋ねられて、委縮しない方がおかしい。

「ああ、すまない、気楽に答えてくれていいんだよ。公輝と君が付き合っていてもいいし、息子さんに会わせていても構わないんだ」

「では……どうして私をひとりで呼び出したんですか？」

「君が本気か知りたかった」

「本気……？」

「副社長になって、公輝は変わった。もともと優秀な子で、飄々《ひょうひょう》とした、叔父の私から見ても子どもらしさの足りない子でね、無邪気さとは無縁だった。いつでも俯瞰《ふかん》していて、年の離れた妹はあれだけ無邪気に育っているのに、公輝はそうは育たなかった。そんなあの子が、最近、なんだか子どもみたいに目を輝かせている。もっとも、あの子が本当に子どものころは、もっと諦めたみたいな目をしていたんだけどね」

「はぁ……」

「あの子は、自分の生まれをよく分かっている。分かりすぎているんだと思う」

それはそうなのかもしれない。

美那がクライストチャーチで姿を消した時に、諦めようとしたという話を思い出した。結局は諦めきれず、公輝は再会してからは美那を追いかけた。

後悔したくないとそう口にして。

きっと多くのことを諦めてきたのだ。戸ノ崎公輝という人間がなにかに執着する姿を見せないように。

社長は、苦笑しながら続けた。

「もしも、その公輝が社内恋愛をしようって言うのなら、かなり本気なんだろう。損得勘定の上手な子なのに、リスクが大きいからね」

「そうですね……それに、相手はシングルマザーです」

「そう。バレたら、間違いなく、君の評判が下がる」

「私の評判、ですか？　副社長の評判ではなくて……？」

一介の子持ちの社員に手を出した。スキャンダルの中心に公輝が来たのならば、公輝の傷になるのではないだろうか。

ましてや、その子どもは彼の実子だ。美那は口にはしなかったが、内心で首を捻《ひね》った。

「人によっては金目当てだとか、心無いことを言う人はきっといる。公輝は自分の身は守れるだろう。立ち居ふるまいを叩《たた》き込まれているからね。だが、君は、そうじゃない」

「……私が悪く言われることは、別に構いません」

美那ははっきりと言った。

「会社にいられなくなるって言うのなら、子どももいるので困りますが……自分の行動の結果で、自分が悪く言われるのは、言い方はおかしいかもしれませんが、慣れてますので」

そう、慣れている。

美那が乃恵瑠を産むと決めてから、いままで、ずっと美那は幸せだった。後悔はしていない。だが、後ろ指は指されるのだ。『普通』――結婚してからの出産から外れたその途端、一定数の人間は美那に背を向けた。

それは自分ではコントロールできない。美那が不幸でも幸福でも、気にくわないと誰かは言うだろう。

「私は、息子を守るだけです」

「そうか……」

社長はゆっくりと頷いた。

「公輝は、君のそういうところに惹《ひ》かれたのかもしれないな」

ポツリと社長は漏《も》らして、軽く首を振った。こめかみを揉《も》み、社長は顔を上げた。

「君をこの会社に入れたのは私の責任でもある。公輝と君はまだ若い、なにかあったら、頼りなさい」

「……社長……！」

「仕事をおろそかにしないこと、約束できるね」

「……はい！」

感激して、涙目になる美那に、社長は穏やかに笑うだけだった。

＊

「わー！　海～！」

視界いっぱいに広がる海に、乃恵瑠は小さな鼻をぷくと広げ、その場でジャンプした。両腕をまるで翼のようにぱたぱたと上下させ、砂浜に下りる階段に一目散だ。

「乃恵瑠、走っていかないよ！」

「わー、ママ、海～！　おっきーねー」

「ちょ、乃恵瑠、待ちなさい」

美那の注意は耳に入っていないらしい乃恵瑠が、ひとりで階段を下りようとする。慌てた美那の肩に手をかけて公輝がさっと走り出した。

「俺が行くよ」

「あ、公輝くん」

美那よりもリーチが長いので、公輝は乃恵瑠をあっという間に捕まえ、そして、ひょい、と抱き上げる。

「乃恵瑠くん、危ないから」

「わわっ。びっくりした」

急に抱き上げられて、乃恵瑠は目を真ん丸にして、公輝の頭にひっしと捕まった。

美那はふたりに追いついて、乃恵瑠の顔を覗《のぞ》き込んだ。

「もう、さっきまで疲れたって眠そうにしてたのはだあれ、乃恵瑠」

「うーん、さっきはね、眠かったの」

まだ夕暮れは遠いが、太陽は下り始めていた。

午後四時。

乃恵瑠を連れて三人で、静岡《しずおか》まで遊びに来た。乃恵瑠は行きの車の中からハイテンションで、ふれあい牧場にも興奮しきりだった。

たくさんの動物がいるその牧場を回って、そこで持ってきていたお弁当を食べた。

動物には怖がって近づくことはできなかったけれど、満喫したようで、乃恵瑠は海に向かうころには、車に乗せたチャイルドシートでうつらうつらとしていた。

「どうする？　海、見ないで帰ってもいいんだよ？」

「見る〜。海、見る〜」

小さなころから、乃恵瑠は海が好きだった。

夜泣きしてどうにもならなかった時、乃恵瑠を抱っこしてリビングをうろうろしていたら、偶然映った海の映像で泣き止んだことは一度や二度ではない。

海の映像を眺《なが》めながら、美那も一緒になって寝てしまうことはすでに懐かしい思い出になっている。

（海かぁ……クライストチャーチでも、海、見に行ったなぁ）

クライストチャーチでも、という思い出の枕ことばはすべて公輝だ。

サマナービーチという場所にも、リトルトンという湾にも行った。あの海は、美那にとっても美しい思い出のひとつだ。

（乃恵瑠が海が好きなことは偶然なんだろうけど……なんだか嬉《うれ》しいな）

乃恵瑠を抱っこして、公輝が砂浜に下りていく。

すでに海水浴の時期は過ぎていたが、海水浴場にはまばらに人がいた。

「はいる～？」

乃恵瑠が、自分を抱き上げている公輝に尋ねた。

「いや、もう水が冷たいし、くらげがいるから無理だよ」

「くらげ、知ってる。とうめいなの、どくがあるよ」

「そう、毒があるから、入らない。約束できる？」

「うん」

乃恵瑠は小さな小指を差し出す。約束の指切りだ。ここ最近保育園で覚えてきたらしく、なにか約束する時、絶対に指切りをかわさなければいけない。

一瞬、公輝は驚いたようだが、すぐに笑って自分の小指を絡めた。

「やくそくげーんまん！」

乃恵瑠が元気に声を上げる。一体なにをどう約束したのか本人が分かっているかは謎だが、約束という響きは乃恵瑠にとって心地がいいようだ。

潮騒が、規則正しく響く。きらきらと光を反射する水面《みなも》のそばを、公輝と乃恵瑠が歩いている。

波が近づき白く砕けると、乃恵瑠が「きゃー！」と歓声を上げる。

こんな日が来ると、思っていただろうか。こんな風に親子で過ごせるなんて。

「ママ、荷物を置いて座ってるからね」

「うんー」

乃恵瑠は振り向きもせずに、波に夢中になっている。

（……少しさみしいけど、公輝くんに懐いてくれて嬉しいな……）

砂浜にビニールシートを敷き、荷物を四隅に置いて腰かけた。

乃恵瑠のおやつや水筒を出して、ふたりを見守る。公輝は波打ち際の近くに乃恵瑠を下ろして、その手を引いて歩いていた。乃恵瑠がなにか話しているのを公輝が頷きながら聞いている。

（妹さんがいるからかな、公輝くん、乃恵瑠の相手が上手）

公輝の家ではなく、別の場所に。誰かに会うとは思えない距離だけれど、やはり緊張した。

（疲れたな……）

心地のよい潮騒、温かな日差し。

ふうっと漂ってきた眠気に、美那は知らない間に身を任せていた。

「ママッ」

どん、と体に、なにか柔らかいものが体当たりした。

「の、乃恵瑠、どうしたの？」

「これ、あげる！」

いつの間にか寝てしまっていたようで、乃恵瑠が飛びついた勢いで目が覚めた。にこにこ笑い、美那に深い緑のシーグラスを差し出してきた。

「わ……きれい。どうしたの？　乃恵瑠が拾ったの？」

「こうくんとねー、さがしたの」

「そうなんだ、くれるの？」

こくん、と乃恵瑠が頷いた。

「ありがとう。乃恵瑠、嬉しい。きれいだね」

「うん。いちばんきれいなのは、ママに。二番目は、こうくんにあげた～」

顔を上げると、美那のそばに規則正しく何枚ものシーグラスが並んでいる。海の中で角が取れ、丸みを帯びたそれは、日差しを浴びて輝いている。

少し離れたところにいた公輝も、美那に片手に持った赤褐色のシーグラスを掲げて見せる。日が透けて、とてもきれいだ。そうしてみると、乃恵瑠の瞳の色に似ている。

「ママの宝物になっちゃった。おうちに帰ったら宝箱にしまわないと」

「やった！」

乃恵瑠は屈託なく笑って、万歳をする。そして、ぱーっと公輝に向かって駆けていった。

抱きとめてもらえるのが当然だというように勢いよく。

公輝もすかさず抱き上げて、「よかったね」と笑い合っている。

近くを歩いていた若い子たちが、乃恵瑠と公輝を見て、「ふふ」と短く笑っていた。

「かわいい親子だ〜。うちも結婚するなら、イケメンで子煩悩がいいなぁ」

そんな会話が聞こえてくる。

乃恵瑠と公輝を見て、そんな風に言ってくれる誰かがいるということが、とても嬉しい。

肩の力を抜いてそう感じられることが純粋に嬉しかった。

公輝のことを、乃恵瑠が自然と受け入れて、関係を作っていってくれている。

美那の抱えていた様々な後ろめたさは、ふたりの笑顔で軽くなっていく。

「美那?」

「ママ〜?」

水平線の輝きが、じわりと浮かび上がった涙に滲《にじ》んで、とても美しい情景だった。

「大丈夫?　疲れた?」

「えっ?」

公輝に声をかけられて、美那ははっと我に返った。

気がつけば、すでに静岡の海から離れて、公輝の自宅に戻っていた。

今日は泊まると決めていて、ゲストルームで乃恵瑠を寝かしつけたあとだ。美那のパジャマは公輝が四年の間に買いためていたプレゼントのひとつで、とても肌触りがいいし、デザインもかわいい。

公輝の家に泊まるのは二度目だが、前回はパジャマを着ている暇がなかったので、初めて袖を通していた。

リビングのソファで、美那はシーグラスを手に、どうやらぼうっとしていたらしい。

公輝はティーセットとスコーンを乗せたトレーを手に、キッチンからやってきた。

「はい。ミルクティー。このスコーンもすごくおいしいよ、おすすめ」

「ありがとうございます」

ミルクティーからは、はちみつの香りがした。

「公輝くんは疲れてないですか？　運転もしてくれたし、ずっと乃恵瑠と遊んでくれてたでしょう？」

「俺は大丈夫。鍛《きた》えてるからね」

確かに、公輝は昔よりもたくましくなった気がした。

あの夜のことを思い出しそうになって、美那は慌てて首を振った。

「それに、美那は早起きしてお弁当まで用意してくれたし、疲れたんじゃない？」

「どうでしょう……お弁当の空き箱の洗い物とかは公輝くんがしてくれたし……」

「そのくらい当然だよ。おいしかったよ、お弁当」

「またサンドイッチですけど……乃恵瑠が一番好きなものなので」

サンドイッチにウィンナー、それに串にウズラの卵とミートボールを刺したもの。乃恵瑠の大好物でお弁当を作ってしまうのはもう癖《くせ》だ。

「あっ、今度、公輝くんの好きなものを教えてください、練習しますから！」

「俺、あんまり好物って言えるものがないんだ。美那のサンドイッチ、好きだよ。乃恵瑠くんの好きなものを食べられる方が、俺も嬉しいかな」

公輝は笑って、美那の頭をぽんぽん、と撫《な》でた。そして、ふっと一筋の髪を持ち上げて、首を捻った。

「ん、ちゃんと髪の毛乾かしてないの？」

「乾かしたつもりですけど……乾いてないですか？」

「そうだね。ちょっと乾かしてあげるよ」

「え？」

別に構わないです、と続けようとして、公輝があまりにも楽しそうに微笑むものだから、美那はおとなしくお願いすることにした
丁寧にくしけずり、ヘアオイルを少量塗布する。それからドライヤーで乾かしてくれたのだが、その手つきの優しいこと。くすぐったいほどの優しさに、美那はくすくすと笑った。

「どうしたの？　美那」

「ふふ……なんだか、公輝くんらしいなぁって思って」

「俺らしい？」

不思議そうに公輝は首を傾《かし》げた。

「はい。なんか、手際もいいし、上手なんですけど、ちょっと控えめって言うか……」

「そっか……、そういう風に見えてるんだ」

「イメージですけどね」

美那は肩を竦《すく》めた。

「公輝くんは私を大事にしてくれるからかもしれません。それが控えめって感じるのかも」

「美那、忘れてない？　俺、再会してから、かなりぐいぐい迫った気がするんだけど」

くすり、と公輝は笑って、美那の耳のへりをそっと指先がなぞった。

「ひゃ……っ」

突然の、くすぐったさに、美那は耳を押さえて公輝を振り返った。

彼は目を細め、ふっと妖しげに微笑んでいる。

「ふふ。かわいい」

「も、もう、いたずらはやめてください」

「いたずら、ねえ……。分かった、君からキスしてくれたら、やめるよ」

な、なにを。

戸惑いが頂点を迎えそうになるが、公輝は引く気はないようで、美那の耳の形をなぞるように触れ続けている。

（こ、声が出ちゃう……）

それは、困る。すっかり乃恵瑠は夢の中とはいえ、同じ屋根の下に息子が寝ているのだ。

美那は、耳にいたずらをする公輝の手を取り、引き寄せる。

公輝は少しだけ体を倒し、美那も微《かす》かに伸びをする。

ちゅ、と小さな音を立てて、キスが終わる。秒数でいえばほんの数秒のことだろうが、それでも美那の顔は真っ赤になってしまった。

これ以上は、無理だ。死んでしまう。

「〜〜〜っ、かわいい！」

公輝はそう言って、がばっと美那を抱きしめた。ぎゅうぎゅうと腕に力を込めて抱きすくめられ、美那はなすがままに左右に振られた。

「こ、公輝くん！」

「あ〜……かわいい……どうしてこんなにかわいいんだ」

「公輝くんくらいですよ、そんなこと言うの……」

「みんな気づいてないだけだよ。でも、永遠に気づかなくていい。美那のかわいいところは全部、俺だけが知っていればいい」

冗談めかしてはいるが、公輝は恐らく本気だ。その腕の力強さが、心地よい。

彼は腕の力を緩めることなく、

「また、どこかに行こう。乃恵瑠くんと三人で」

と低く囁いた。美那も頷く。

「行きましょう。きっと楽しいです」

「そう言ってもらえると本当に嬉しいよ」

「公輝くん、気づいてました？　浜辺で親子に間違われたの……って、間違いでは、ないんですけど……なんて言えばいいかな」

美那は間違いじゃないけど、間違いで、みたいにもごもご口の中で言葉を遊ばせる。

「気づいてた。乃恵瑠くんは気づいていなかったみたいだけどね」

「私、すごく、嬉しくて……これからも頑張ろうって思えたんです」

「――俺もだよ。乃恵瑠くんと遊んでいる俺を見ている美那が、女神みたいにきれいで……こんな素敵《すてき》な人を好きになれて、好きだって思い返してもらえて、世界一幸福だって実感した」

「こ、公輝くん……！」

美那と向かい合うと決めてからの公輝は、言葉を尽くして接してくれている。

こちらが戸惑うくらいの直球で、そして、混じりけのない愛情を向けてくれる。

乃恵瑠とふたりで歩いてきた美那を、まるごと包み込み、尊重してくれる。

四年前、逃げた美那を責めもせずに。

逆の立場だったら、同じようにできただろうか。

公輝を責めずに、受け入れることを決めることができたか、美那には自信がない。恐らく、避《さ》けてしまうだろう。向き合うことも大変な労力がかかる。

ただ、公輝は美那に愛情を注ぐことを惜しまない。

ずっと、ずっと、彼はそうだった。

「って、お茶が冷めちゃうね。飲もうか」

公輝は、そう言って体を離した。公輝のぬくもりが離れた途端、空気の冷たさを感じた気がしたが、自分の中の甘ったるい感傷に思わず笑ってしまった。

ふたりでお茶を囲み、今日の思い出を話し合う。

日常のようでいて、非日常の時間。明日には冷めてしまう夢。

今日は土曜日、明日の昼過ぎには乃恵瑠と一緒に社宅に帰るのだ。美那は、ふっと現実に呼び戻された。同時に思い出したのは、社長のことだ。

「あ、そういえば、社長にお土産買うの忘れちゃいました。用意した方がよかったですかね
……？」

「え？　叔父さん？」

公輝が尋ねる。

「はい、そうです」

「なんで叔父さんに？」

「この間、声をかけられて、その、私たちの関係を気づいていたみたいです。その、応援してくれるって……そういう話をしました」

「……そうなんだ」

「雇ってくれた恩のある方ですし、お土産必要でしたかね」

「いや、大丈夫だよ。毎回お土産を買って帰るわけも行かないし、俺から言っておくね」

確かに、美那が社長に会うことはほとんどない。この間も呼び出されたから顔を合わせただけで、普段は全く触れ合わないのだ。

それならば、甥でもあり副社長でもある公輝の方が、お礼を伝えるのならば適任だろう。

「よろしくお願いします」

「よろしくお願いされます」

お互いに頭を下げ合えば、くすくすと笑い合う。

この日々が続くように、そう願わずにはいられない夜だった。

＊

シーグラスは、あの日からずっとスーツの内ポケットに入れて持ち歩いている。

公輝にとって、コーヒーを片手に、シーグラスを日の光にかざして眺《なが》めることが、ひとつの安らぎになっていた。

貝殻に交じって、砂浜に落ちていたシーグラスは、言ってみればただのゴミだ。

そんなシーグラスを、乃恵瑠は目をらんらんとさせて、「きれいねー」と何度も何度も言って、公輝と一緒に探し回った。

遠目で見えたものを「あっちを見てみたら?」などと先導してあげると、乃恵瑠は小さな手に持ちきれないぐらいシーグラスを集めた。

そこから、色の違いで選別をし、一列に並べて横から見てみたり離れて見てみたり、いろんな角度から見て「きれいなもの」をより分けると、美那と公輝にそれぞれくれた。

ゴミに価値を見いだす。その行為のなんと尊いことか。

公輝にとって、そのシーグラスは宝物になった。

社長室の中で、定例のブリーフィングの時間が終わった時、公輝はジャケットの上からシーグラスに触れた。

「おじさん」

「ん? どうした?」

書類をまとめていた社長が手を止める。老眼鏡をかけて俯《うつむ》いた顔は、公輝の父によく似ている。

「前川さんと俺のこと、いつ知ったんです？」

率直に尋ねると、社長は老眼鏡を外しながら、ため息をついた。

「いつ……と言えばいいのか、ただ、君の秘書から報告があった」

「秘書……？」

確かに公輝にも秘書はいる。しかし、父からつけられただけで、実際にはほとんど稼働していないはずだ。スケジュール管理はしているが、向こうから降りてくるスケジュールを変更したこともなければ、秘書相手に公輝のプライベートの報告を上げたこともない。

「どうして秘書が、俺の交友関係を把握してるんですか？」

「それを私に言われても」

父は、美那の名前を知っている。前川美那という女性とニュージーランドで恋仲だったことを知っているのは、恐らく父だけだ。

だが、父が多数の従業員の中で美那を知っているとは思えない。戸ノ崎ホールディングスの従業員数を思えば、リビング・フロントヤードの企画室は少人数でしかない。

それに、そもそも、数多くある一支社だ。もっと成績のいい支社もある。

そう考えれば、前川美那という社員は、戸ノ崎ホールディングスの頂点に立つ父からすれば、本当に遠い存在のはずだ。

父が前川美那という社員と公輝の接点に気づくことは容易ではない。そもそも赴任してから、父とはほとんど顔を合わせていない。

個人的に前川美那という女性を知っているのは、叔父だけだ。

「……調べさせたんですか？」

血の気が、さぁっと下がっていく。

青くなった顔で叔父を見つめる公輝に、社長は片方の眉を寄せて、怪訝《けげん》そうに肩を竦めた。

「そんなに青くなることか？　彼女との交際は」

「いえ、叔父さんが調べさせたんだとしたら、驚きだと思って……正直、想像もしていなかったので」

「だとしたら、お前、考えが足りないんじゃないか？」

「考え？」

「もしなにかあった時、彼女を守れるのか？」

叔父は、グイっと前に乗り出した。

――もし、なにかあった時。

その言葉に体が竦んだ。

悪意が、いっぺんに自分に向く時。

何度も公輝はその瞬間を経験してきた。

仲間だと思った人物に裏切られたこともあるし、知らない間に名前を使われていたこともある。

悪意はついて回った。相手に他意がなくても、公輝に害なすこともあった。

そういう時のかわし方も――かわさずに相手を潰すやり方も、公輝は知っている。

しかし、それは『戸ノ崎公輝の守り方』だ。

愛する女性の守り方ではない。

美那は、そういう世慣れた公輝のふるまいを見て、どう思うだろうか。怖がりはしないだろうか。眉ひとつ動かさず、目の前に落ちているゴミを捨てるかのような無感動さで、対応する自分を、美那に見せられるのか。

そう気づいて、シーグラスをジャケットの上からぎゅうと握りしめる。

「どうしたんだ、疲れてるのか？」

「そうかも、しれませんね」

疲れているのかもしれない。公輝は目を伏せた。

叔父の笑う気配がする。

「お前、変わったなぁ」

叔父の笑みが、なんだかとても――遠い。

第八章

（なんだか、公輝《こうき》くんの様子がおかしい）

美那《みな》はシリコンの型を使って、フライパンでくまさんのホットケーキを作っていた。

キッチンのシンクのあたりでは、椅子《いす》の上に膝立ちになった乃恵瑠《のえる》がいて、フライパンをわくわくと覗《のぞ》き込んでいる。

「ふかふかのケーキ！」

「うん、ちょっと待っててね」

月に何回か、乃恵瑠が保育園行きを渋る時、美那はホットケーキを焼くことにしている。

イチゴジャムにバター、オムレツとウィンナーを添えた、くまさんのホットケーキは、乃恵瑠の特別なお気に入りメニューだ。

今朝も、夢見が悪くてぐずぐずと泣いていた乃恵瑠に「くまさんのケーキ食べる？」と言った途端に、機嫌を直した。絵本に描いてあった朝食のメニュー。

乃恵瑠にとっても『とくべつなあさごはん』だ。

甘い匂いがキッチンをふわふわと漂い、それだけで幸せな気持ちになる。

そんな中、美那は落ち着かない気持ちを抱えていた。

（……公輝くん、なにかあったのかな）

なにが、というほどではないが、おかしい。

公輝は企画部での研修を終え、副社長としての仕事に重心を移しつつあった。

もともと一緒に業務をしていたわけではないが、企画部の室内で見かけることがなくなってからは、めっきりと顔を合わせない。

（副社長としての顔見せの株主総会があるんだもんな……準備大変そう）

リビング・フロントヤードは、戸ノ崎《とのさき》ホールディングスの子会社なので、主だった株主は戸ノ崎ホールディングスの役員だ。なので、株主総会に集まるのはホールディングス首脳陣で、かつ公輝の親類がほとんどだが、中には叩《たた》き上げで役員になった人もいる。

上場しているので、一般の株主もいるが、基本的には意思決定の大きな部分には戸ノ崎ホールディングスに意向が反映される。いくら御曹司とはいえ、公輝がホールディングスの総帥を継ぐには多くの人に実力を認めてもらわないとならない。

その話を聞いてから、公輝は忙しそうに動き続けていて、ひと月ほど向こうの家にも行けていない。電話をすることはあったが、その時間も遅いので、乃恵瑠を寝かしつけたまま寝てしまった美那が、着信に気づかないことも何度かあった。

（……忙しいから仕方ないよね……）

「ママ、くまさんこげちゃう！」

「あっ、ありがとう！」

少し香ばしい匂いがしてきた。

乃恵瑠は少しの焦《こ》げでもがっかりしてしまうので、美那は急いでひっくり返した。きれいなきつね色の焼け目に、ほっとする。乃恵瑠は小さな手でぱちぱちと拍手をしてくれた。

「じゃあ、乃恵瑠、お手々洗ってきて」

「はーい！」

乃恵瑠は椅子から降りて、ぱたぱたと洗面所に向かった。

美那がパンケーキを盛りつけている間に、メッセージアプリが通知を告げた。ロック画面に表示されたポップアップメッセージには公輝の名前が見えた。

乃恵瑠の食事を用意してスマートフォンのロックを解除する。

『おはよう。今日の夜、もしも時間があったら、食事に行かない？』

公輝からのメッセージはそれだけだった。

それでも、多忙な隙間を縫ってメッセージをくれる気持ちが嬉《うれ》しい。

「ママー、手、あらったよ～」

乃恵瑠が手を洗って戻ってきた。きれいに洗えたと手を見せてくれる。

その乃恵瑠と視線を合わせて、美那は尋ねた。

「乃恵瑠。今日、ばあばがお迎えでもいいかな？」

「いいよ～！　ばあばのおうちでてつぼうする！」

乃恵瑠は実家に泊まる時は、鉄棒に延々とぶら下がっている。乃恵瑠と朝食をとりながら、母に連絡すると、二つ返事で乃恵瑠のお迎えを了承してくれた。

「ママ、会社の人とお食事してから、ばあばのおうちにお迎えに行くから」

「うん」

食事をしたら、乃恵瑠を登園服に着替えさせて、自分もまた着替えなければ。

さすがに、仕事後とはいえ、公輝と食事に行くのなら、もう少しおしゃれをしたい。


公輝との待ち合わせは、とあるホテルのロビーだった。

普段、ビジネスホテルに泊まることはあっても、ハイクラスのホテルに泊まることのない美那は、ドアマンに笑顔でドアを開けられて、ドキドキしながら足を踏み入れた。

ドアマンがいるようなホテルは、公輝の歓迎会――つまり、美那の秘密を公輝が突きつけた日以来だ。

豪奢《ごうしゃ》なクリスタルの輝くシャンデリアがいくつも飾られたロビーには、大きな円形のバラのアレンジメントがある。すべて大輪の真紅《しんく》のバラで作られたそれは目にも鮮《あざ》やかで、瑞々《みずみず》しい香りを振りまいている。

同じく真紅の絨毯《じゅうたん》が敷かれたロビーは、シックな黒い家具が並んでいる。客の姿は多くはないが、格好や雰囲気《ふんいき》から、彼らもこのホテルに泊まるに相応《ふさわ》しい生活をしていることが滲《にじ》み出ている。

そんな中で、美那はすぐに彼を見つけた。すでに公輝はロビーにいて、ソファに座ってどこかに電話をかけていた。長い足を組んだその姿はまるでポスターのように様《さま》になっている。

彼も、美那にすぐに気がついた。電話相手に「待ち合わせだから」とだけ言うと、電話を終える。恐らく友人なのだろう、口調が砕けていた。

「すみません、お電話中だったのに」

「いいや、急ぎではないから。大丈夫」

「お待たせしました」

向かい合うのは随分と久しぶりだ。自分の表情が自然と緩んでいくのが分かる。それと同時に、服装に変なところはないか、髪の毛は乱れていないか、会社を出る時に化粧直しと一緒にチェックしたはずだけれど、不安になってくる。

仕事のあとに出かけてもおかしくないように、手持ちの中ではドレッシーなものを選んだ。ネイビーのノースリーブのワンピースはクラシカルなデザインで、カーディガンをオフホワイトのものに変えるだけで印象が変わる。

普段、仕事では外回りでもない限り、ベーシックなトップスにアンクル丈のパンツスタイルが多いので、ワンピースでの出勤はそのあとの予定を連想させて、落ち着かなかった。誰かに声をかけられないかと緊張して、妙に肩が凝った。

そんな美那の努力に公輝は気がついてくれたようだ。

こちらを見て、にっこりと笑ってくれた。

「かわいいね。ワンピース、すごく似合ってる」

「公輝くんはワンピースが好きですか？」

「いや、特段好きってわけじゃないけど、美那が俺と食事に行くのに、選んでくれたのかなって思うと、嬉《うれ》しいって話」

かぁっと顔に熱が集まる。そんな美那に、公輝が目を細める。

「じゃあ、予約してあるから、ご飯に行こうか」

予約していたというレストランは、時折テレビで紹介される有名なフレンチだ。なかなか予約が取れない店だと聞いたことがある店だった。

今朝食事に行くと決めたばかりなのに、そんなにあっさり予約が取れる店なのかと首を傾《かし》げると、「知り合いの店だから、キャンセル分を教えてくれた」と話してくれた。

東京のベイエリアの夜景が一望できるレストランは、客層もあってかとても雰囲気が落ち着いている。

こういう雰囲気の店にほとんど来たことのない美那は、おどおどと公輝を見上げた。

「……浮いてませんか？　私」

「浮いてないよ。カジュアルフレンチだし、ドレスコードもそこまできつくないしね」

確かに、がちがちのドレスコードの店ではないようだ。念のため、通勤用のスニーカーではなく、ヒールのまま来てよかった……と、オフィスを出る時の自分の判断を讃えたい。

だが、そうではない、慣れていない高級店でのふるまいは一切自信がない。そこが心配なのだ。

白と黒を基調にした店内の片隅では、生バンドがジャズを演奏している。ウェイターたちも男女同じお仕着せを着て、丁寧にかつ正確にもてなしていた。

（すごい……生バンド……）

きょろきょろしないように気をつけながら、席に案内される。

（今日、なにかあったかな……どちらも誕生日じゃないし……記念日っていう記念日でも……ないはず）

美那は内心で考えながら、公輝が引いてくれた椅子に腰かけた。

「ワインは頼んでないけど、いいよね？　代わりに、フランスのワイナリーで作ったノンアルコールのワインを頼んであるよ」

「ありがとうございます、助かります」

「食事はコースを頼んであるから」

「こ、コース……、私、正直言うと、そんなに持ち合わせが……」

「気にしないで。俺が誘ったんだから、ごちそうするよ」

「じゃあ、今度私が誘ったら、ごちそうしますね」

美那がそう言うと、公輝は驚いたように瞬《まばた》きをした。

「……はは、分かった。次のデートの予約だね？」

「そ、そういうこと……で、大丈夫です。公輝くんとふたりだってバレたら、乃恵瑠すごくぐずると思うので、次は三人で出かけましょうね」

「分かった。じゃあ、乃恵瑠くんの好きなものがいいね」

乃恵瑠、という言葉に、公輝の眉がピクリと動いた。

しかし、それも一瞬で、すぐにいつもの表情に戻る。

「お子様ランチがあれば、大体どこでも乃恵瑠は喜びます」

なんなら、公輝が作ったものも大喜びだ。公輝は年の離れた妹がいるだけあって、子どもが喜ぶものをよく心得ている。

「そっか、考えておくよ。今日は乃恵瑠くん、ご実家に預けているの？」

「はい、母に迎えを頼んだので、そのまま私も一緒に実家に泊まります」

「そっか……」

なんだか、妙だ。

公輝の様子がやっぱりおかしい。公輝の体から、滲む緊張が美那にも伝播《でんぱ》する。

久しぶりのデートだが、浮かれた気持ちはすぐに消えた。

一口目は感激して、「おいしいですね」と語彙《ごい》のない感想を口にする美那に、公輝は微笑んで、料理の説明をしてくれる。その時間は和やかに過ぎていくが、説明のあと、彼は黙ってしまう。

食事はおいしい。けれども、緊張して食べていると、味が分からない。なんだか、食材に申し訳がない。きっともっとおいしく食べられただろうに。

そうなると、美那の気分も塞《ふさ》いでいく。

「あの……私、なにかしちゃいましたか?」

「え……?」

美那がストレートに尋ねると、公輝は驚いたようだった。

「なんだか様子がおかしいというか……最近忙しそうだった公輝くんが誘ってくれて、すごく嬉しかったんです」

取り繕った言葉が出てこない。上手に言えなくてもいい、きちんと、気持ちを伝えないと、お互いに気持ちよく過ごせない気がする。

「――……私、なにか気に障るようなこと、しましたか?」

「そんなことはない……ええと、そういうことじゃないんだ……」

公輝は俯《うつむ》き、こめかみを揉《も》みながら、目を伏せた。

「美那」

「はい」

再び顔を上げた公輝に呼びかけられて、美那は姿勢を正した。

彼の表情は険しいままだ。ただ、まなざしは真剣だった。

「最近、忙しくてちゃんと話をする機会も持てなくて、ごめん」

「それは、大丈夫です。公輝くんが忙しいのは仕方ないと思うし、連絡はくれてたじゃないですか。私が乃恵瑠と一緒に寝ちゃったりしていて、返事のタイミングが合わなくてすみませんでした」

「いや、君の声が聞けた時はすごく嬉しかった」

そう言って、公輝は、今日初めて柔《やわ》らかな笑みを浮かべた。

「なにかあったんですか？」

美那の問いに、公輝があいまいに笑う。

「……そうだね、これからなにかがある」

「これから……？」

「いろいろ起きると思う、でも、俺を信じてほしい」

なにが起きるのか、それはいつなのか、なにも分からなかった。公輝はいまの時点で美那に伝えるつもりはないのだろう。

ただ、美那を見下ろす公輝の切実な様子に、こくりと頷《うなず》く。

美那には分からないものをたくさん背負っている人だ。すべてを分けてくれなんて言えない。実際に「はい、どうぞ」と分けられても、美那はその荷物を持ってあげることもできない。重さにバランスを崩し、倒れてしまうだろう。

できるのは、公輝の言うとおり信じることだけだ。美那も、しっかりと公輝の目を見た。

「信じます、公輝くんのこと」

あの時、四年前信じることができなくて、逃げた。今回は、そんな風には逃げない。

ちゃんと公輝と話して、公輝と歩いていく。

ふたりが納得して、別々の道に行くというのならば、それはそれなのだと思う。

とても悲しいし、そんなことにはなってほしくはないが、それもひとつの選択だ。

きちんと話し合って、お互いに結論を出せるのなら、それも悪くないはずだ。

「ありがとう、美那」

「終わったら、話してくれますか？　なにがあったか」

「……そうだね、約束するよ」

「なら、大丈夫です。全部打ち明けて秘密のないようにしないといけないなんて、無理だと思うんです。ふたりとも大人ですし、事情も違うし……ただ、最後は帰ってきてください。私のところに」

公輝は、ふっと息を吐《つ》いて、テーブルの上に手を乗せた。

「美那、手を出して」

「手、ですか？」

不思議に思いながらも、テーブルの上に手を出す。公輝がその美那の手を取った。

「ありがとう、頑張るよ」

そう言って、デザートが来るまでしばらく公輝は美那の手を握っていた。

＊

株主総会は関連部署にとって、大変な一日だ。

むしろその準備期間から大変なのだが、美那は企画畑の人間なので、研修時代に株主総会の運営の手伝いをした以来、関わったことはない。

だったのに、美那は株主総会のその日、会議室のひとつに呼び出された。

朝出勤をして、いつもどおりデスクで仕事をしていたら、突然、企画部長に「前川《まえかわ》さん」と声を掛けられ、あれよあれよという間に会議室に向かった。

「失礼します」

企画部長がよそゆきの声を出す。中には、恐らく企画部長より高位の人間がいるのだ。美那は混乱しつつ、企画部長のあとに続いて「失礼します」と会議室の中に入る。

会議室の中には、社長をはじめとして、役員が何名か座っていた。彼らが全員、温度のない目で美那を一斉に振り返ったのだ。

ロの字型に並んだ長机の三辺に彼らは並んで座り、美那を出迎えた。

「彼女が前川くん?」

社長の横に座っているやせ型の男性が、企画部長に声をかけた。確か彼は、人事部長だ。

企画部長はぎこちなく頷いた。

「前川、あいさつを」

企画部長に背中を押されて、よろめきながら一歩前に出る。

「は、はい」

美那に集まる視線はさらに温度を失い、氷のように刺さる。

「企画部の前川美那です」

「前川さん、座ってもらっていいかな」

いつもにこやかな社長も表情が硬い。すすめられた椅子はあったが、まるで尋問されるためのような配置だ。

（私が……こんなメンバーに呼び出されるなんて……）

用件は察しがついた。

公輝とのことだ。

それしか、ありえない。それ以外に一介の社員に対して、株主総会の朝にこんな風に時間を割く要件なんてない。

用意された椅子に足が向かず、美那は立ち尽くしていた。

用件の想像はつくとはいえ、単純に恐怖が勝った。

怖い。これから、恐らくよくないことが起きる。会議室の中に漂う空気からも分かる。

誰にも歓迎されていない。

そう気づけば、足は竦《すく》んで動かなかった。

しばらく彼らは待っていたが、誰かがため息を吐いた。それを合図にしたかのように、時間をかける気はないと言わんばかりに、人事部長がひとつの封筒を取り出した。

ばさり、と音を立ててテーブルの上に置かれた封筒。Ａ４サイズのそれはそれほどの厚さはなかった。美那は、その封筒を呆然と見つめる。

「これは……？」

「見てみなさい」

人事部長が冷たく言い放つ。

美那は手を伸ばして、封筒を開けて――それを取り落とした。

封筒の中に入っていた紙が、ばさりと床に広がる。

「これ……」

これ？　なんだろう、これ。

うそだ。

美那は何度か瞬きをして、目を凝らした。

床に落ちた紙の上に踊る悪意に、美那の胃がきゅうと痛む。

悪意。そうだ、悪意だ。まごうことない悪意が、そこには込められていた。

『戸ノ崎ホールディングス御曹司　隠し子か』

か、という文字は小さく、それ以外の文字はでかでかとゴシック体で書かれていた。その見出しだけで、美那は倒れそうになった。失神してしまえれば、どれだけよかったか。

大きな写真は、公輝と――美那たちだ。美那と乃恵瑠の顔は目線が入っているが、すぐに分かった。自分と自分の息子だ、分からないわけがない。

気持ちが、悪い。

明らかに隠し撮りされた自分たちの写真に、不思議と怒りはわいてこなかった。恐怖だけだ、感じたものは。

「これ……なんですか」

尋ねる声は震えていた。

「週刊誌の記事だ」

答えてくれたのは人事部長だ。しかし、言葉の意味がなかなか理解できない。

「え……？」

「明日、週刊誌に載る。副社長には隠し子がいるという内容と、ほかにも元恋人の証言などもある。それと、君をコネ入社させて、便宜をいろいろ図っている……とか、そういう内容だ」

「な……っ、わ、私は普通に入社試験を受けて、研修のあとに企画部に配属されたんです！」

人事部長がいら立ったように、指先で机を叩いた。

「それは私が一番分かっているよ、人事部にいれば分かる。君の入社試験の成績は優秀だったし、企画部の配属も偶然だ、だが、問題はそこではないんだよ」

「では……なんですか？」

「前川さん」

社長がゆっくりと美那に声をかけた。

社長は、美那と公輝のことを知っている数少ない理解者だ。

(応援してくれるって言ったのに……こんなことになっちゃって申し訳ない……)

小さくなった美那は「社長……その……」と、小さく口の中で遊ばせた。

「前川さん、しばらく、リビング・フロントヤードの九州支部で仕事をしてもらえないかな」

「え……？」

言われている意味が、分からなかった。

社長は眉を下げ、困り果てた様子で続ける。

「君を守るためにも一度、息子さんと一緒に、東京《とうきょう》を離れる方がいい。九州支部の営業部でしばらく働いてみてはどうかな？」

「……それって……実質的には、追放じゃないですか……」

美那を守るためとは言ったものの、総合職として入社し、本社勤務しか経験のない人間を支部の経験もない部署に回すなんて、追放――もっと言えば左遷だ。体《てい》のいい退職勧奨と言ってもいいのかもしれない。

公輝とのことを応援すると言っていた社長からの提案に、美那は呆然とした。

だが、それくらい、間《ま》が悪かったことも理解した。

社長からすれば、副社長としてのお披露目を控える甥のスキャンダルだ。公輝はここからまた一歩大きく踏み出さねばならない人だ。

それが、こんな悪意のある記事で踏みにじられようとしているなんて。

美那は膝を折り、記事のゲラを拾った。雑誌になる前の原稿の段階だ。写真と見出し、本文とざっと視線を走らせる。

吐きそうだが、堪《こら》える。

公輝は女性社員と定期的に会っていること、その女性は新卒から企画部に所属し、いまは同僚であること。さらには、子どもとも出かけていること。

内容はそれくらいだ。乃恵瑠が実子だという証拠はなにひとつ摑《つか》んでいないようだ。

それには、ほっとした。ならば、記事の内容を、否定をすればいいだけだ。

だが、事実無根だと声明を出すにしても、公輝は否定することをよしとするとは思えない。乃恵瑠が実子であることを、公輝は知っているし、美那の言葉を信じてくれた。

（そうか……だから、私を引き離すんだ……公輝くんは否定しない。そうなった時に、私がまだ働けるように……）

子どもがいるから、すぐに辞めるわけにはいかない。美那はなにがあっても踏ん張るしかない。生活は続いていく。

ただ、このまま企画部にいたのなら、きっとすぐに記事の相手が美那だということはバレる。顔を隠しているとはいえ背格好の近い、子どもがいる未婚の女性となれば、割り出すのはさほどむずかしくはない。

その中で耐えながら働くのは……かなりむずかしいように感じる。

「悪いね、いま、ホールディングスも公輝も大事な時だ。この情報が出たら、恐らくイメージは失墜するだろう」

「……はい」

公輝は次世代の経営者としても、メディアに顔を出している。

高潔さを求められる立ち位置にいる公輝が、隠し子の母親をコネ入社して贔屓《ひいき》したと報道されたら、株価にも影響が出かねない。

乃恵瑠と美那は写真を撮られた。つまり、すでに記者に面は割れている。

このまま、公輝の弱点となってまで、公輝と一緒に居続けることはできるのだろうか。

美那自身は九州には、旅行もしたことがない。イメージするのは九州フェアで見る特産品やラーメンくらいだ。

それでも、乃恵瑠を育てるためには仕事が必要だ。ずっと働いて、ようやく仕事がなじんできたのに、まさかこんな風に自分の足元が揺らぐなんて、思ってもみなかった。

——いろいろ起きると思う、でも、俺を信じてほしい。

公輝はこの間、美那にそう語りかけた。

(公輝くん……)

公輝のことは信じている。美那に向き合って、真摯《しんし》に考えてくれていることも知っている。

だが、再会しなければ、公輝は乃恵瑠の存在も知らず、美那と一緒に過ごすこともなかっただろう。そうすれば、公輝は順風満帆《まんぱん》に戸ノ崎ホールディングスの御曹司として生きていくことができたはず。誰にも後ろ指をさされずに。

美那という女性といることで、公輝の人生によくない影響が起きる。

（……そんなこと、望んでなんか、ない……）

美那はぎゅっとこぶしを握った。

全員の怒りや疑念が渦巻《うずま》く会議室の中で、社長だけが美那に申し訳なさそうに俯いている。

入社以来、ずっと気にかけてくれていた恩人だ。美那の視点こそが大事だ、と言ってくれていた。公輝との交際も応援してくれた。

その相手をこれ以上、悲しませたり、気を揉ませたり、する必要なんてない。

（私は、公輝くんも社長も困らせたいわけじゃない……）

美那は深呼吸をした。記事を手に、ようやく立ち上がり、全員の顔を見渡す。

この道は一本道だ、引き返すことはできない。でも、公輝のためには、頷くしかない。

「分か――」

「遅くなりました」

突然、美那の声にかぶせるように、公輝の声がした。

彼は会議室の扉を開けて、中に入ってくる。

「公輝……？」

社長が険のある声を漏《も》らす。

「私のスクープだって言うのに、私を抜きに話をするなんて、酷《ひど》いですね」

「こ……副社長……」

公輝は美那の手から記事を取ると、形のいい眉を寄せて、机の上に投げた。

「ご安心を、この記事は出ません」

「は……？　どういうことだ、公輝」

「ですから、この記事は出ません」

「こ、公輝くん……？」

美那は混乱して、幹部陣との間に立ちはだかった公輝のスーツの裾を引っ張った。

公輝は一度だけ振り向いて、美那の肩をぽんと撫《な》でた。

「少し調べるのに時間がかかりましたが、どうにか記事が出る前に手が打てたようです」

「は……？　そ、それはよかったな、おめでとう」

「ありがとうございます」

それから、公輝はジャケットのポケットから紙の束《たば》を取り出した。ポストカードサイズの紙を手に、公輝は不敵に笑んだ。

「これは、お土産です」

「なんだ？」

「この記事を載せると動いていた週刊誌の母体の新聞社、役員のひとりが叔父さんの大学の同窓だとお伺いしましたよ。ここ数か月で頻繁にお会いしているようで、仲がよくていいですね」

公輝はにっこりと笑って、社長を真っ直ぐと見据える。そして、手にしていた紙の束をテーブルの上に投げた。

写真だ。

そのどれにも、社長と見知らぬ男性が写っている。ただ、見知らぬ男性のスーツのフラワーホールには新聞社の社章がついていた。

「公輝……」

「なんですか、叔父さん。不出来な甥をほめてはくださいませんか？　自分のスキャンダルを自分で潰してきたんですよ」

「……お前は」

「ここで、こうして集まっていても無意味ですね。記事は外に出ない、多少……金は動かしましたが、私個人のお金なので、会社のお金は使っていませんし、なんの情報も動かしていませんよ」

「なにが言いたい」

「やっぱり人を動かすのに、お金は一番早いですね。そう実感したという話です、世間話ですね」

公輝が話を続けるほど、社長の顔色はどんどん失せていく。

ほかの人たちは蚊帳《かや》の外に置かれ、そろそろと叔父と甥を交互に見ていた。美那も、ぽかんとふたりを見ている。

なんて剣呑《けんのん》な雰囲気だ。いつものふたりとは全然違う。

公輝はそんな空気を気にも留めず、社長のそばに悠然と歩いていく。

この場の王は、いつの間にか公輝に代わっていた。

「――……あなたは、俺をいくらで売った？」

社長は答えない。

「公輝、落ち着きなさい」

「落ち着いてますよ、叔父さん」

美那は衝撃を受けながら、息をひそめる。

ようやく話が見えてきた。公輝の記事を載せる週刊誌は、社長に関連のある会社だった。

美那のことは知っていても、乃恵瑠が実子とまでは分からなかった。

そして、問題を解決すると見せかけて、美那を遠ざけようとした行動。

これだけ揃《そろ》っていて、気づかないわけがない。

社長が、美那と乃恵瑠を記者に売ったことに。

「うそですよね……社長……」

気づいても、うそだと信じたい気持ちが勝った。

だって、美那を応援してくれた人だ、ずっと……ずっと。

時々声をかけてくれる程度だったけれど、それがどれだけありがたかったか。

美那の視線から逃れるように社長は顔を背ける。

公輝は、テーブルにドンッと手をついた。

「俺と前川さんの交際、これは自由恋愛だ。だが、あなたは副社長である俺のプライベートを売り飛ばし、会社の副社長として顔を張ろうとしている俺を追い落とそうとした――それは、経営者としてどうなんですか？」

「公輝……！」

社長が甥を真っ青になりながらもにらみつける。目が充血して、額に汗が浮かんでいる。

普段のゆったりとした穏やかな社長の姿は、どこにもなかった。

「父には報告済みです、あなたの処遇は私にゆだねられた」

「なんだと……？」

公輝はさわやかに笑っている。叔父に向かって見えない銃口を突きつけているとは信じられないくらい軽やかに。

「あなたが立ち去るというなら、止めません。退職金に色をつけて送り出しましょう。――ただ、このまま残るというのならば、容赦はしない」

＊

あれから、ひと月ほどの時が経った。

誰かを不幸にしてまで、幸せになりたいと思ったことが、美那にはない。

だからこそ、初めは社長——信人の行動の意図が分からなかった。

どうして、わざわざ公輝にあんなことをしたのか、美那には理解ができず、そのことが、悲しくもあった。

「私の知ってる社長って、まぼろしだったんでしょうか……」

美那は公輝の家で、コーヒーをドリップする彼の手元を眺めながら、ぼんやりと呟《つぶや》いた。

乃恵瑠はお昼寝中で、リビングのソファでガーゼケットにくるまって眠っている。

「ん？　俺？」

「あ、ごめんなさい。公輝くんじゃなくて……前の社長」

前社長、戸ノ崎信人は退職した。表立って理由は明かされなかったが、後任には副社長の公輝が繰り上がり、新しい副社長は別の支社から着任した。

当然、既定路線のようになっていた美那の異動も立ち消え、あれから、企画部にそのまま籍を置いている。一連の出来事が落ち着き、美那の周りは平穏を取り戻しつつあった。

「美那は、叔父さんを買ってたからね」

「公輝くんも懐いてるように見えましたけど……。懐いてるって言うのは、失礼な言い方かもしれませんが」

「いや、大丈夫……実際、懐いていたと思うよ。うちの父親よりは、はるかに話の通じる人だからね」

公輝は、ふっと遠くを見た。

「叔父さんはさ、人間すぎたんだよ。夢を見たんだ、俺を追い落として、自分がホールディングスのトップに立つ姿を」

「公輝くんを傷つけても……？」

「俺がどうなるかなんて、その時は想像もしてなかったんじゃないかな……たくさん努力をしてきた人なのは間違いがないし、本当に、素晴らしい人だったのも、うそじゃない」

「うん」

「ただ、そうだね。……昔の俺だったら黙って身を引いて、叔父が総帥に立てたかもしれない。能力のある人だし、これまで何十年と社にも貢献していた。俺が総帥の長子だからって優先されることが正解だとは言い切れないくらいには、叔父も優秀な人だ。正攻法で俺を落としにきていたら、多分、俺は叔父に自分の立場を譲って、サポートするって言ったと思う」

言葉にうそはなさそうだった。公輝の声は朗らかだ。

叔父の信人は公輝を売った。名声や権力を前にして、もがいた。戸ノ崎総師の双子の弟としての人生を歩み続けた、最後、自分で失脚してしまった。

せっかく築き上げてきたすべての信頼や功績に、自分で泥を塗ったのだ。

美那は、唇を噛《か》む。

「よかったの？　叔父さんを追放する形になってしまったけど」

「いいよ。俺は、美那を守りたかったから」

「え……？」

「叔父さんには、誤算がいくつかあった。美那は確かに叔父さんを信頼していたし、面識があるから情報を得るのは簡単だっただろうね。だけど、乃恵瑠が本当に俺の子どもだとは思っていなかった。その上、俺が変わったことに気づけなかった。美那のためなら、あんな芝居じみたことをできるなんて、自分でも思ってなかったけどね」

はい、コーヒー、と公輝が淹れたてのコーヒーを美那に渡した。

「美那が見ていた叔父さんも、ちゃんと叔父さんの一部分だと思う」

「そうかな……。そうだといいな」

「双子の弟に生まれたばかりに、あの人は正当な評価を受ける機会を失った。それは、不幸なことだと思う。だからこそ、美那が自分ではどうしようもないことで不利益を受けることを見過ごせなかったんだろう」

「うん……」

あの日、あの面接の日、美那に子どもがいてもいいと言ったのは間違いない。あの瞬間、会社のトップが「いま一番必要な視点を持った人だ」と断言したことで明らかに流れが変わった。そうでなければ、美那は入社できなかった。リビング・フロントヤードに入社していなければ、乃恵瑠に、金銭的な負担をかけることになったはずだ。

そして、公輝にも再会できなかった。

最愛の人たちと再び歩くチャンスを得たスタートには、間違いなく、戸ノ崎信人という存在が関わっている。

しんみりとコーヒーを見下ろす美那の頭を、公輝がぽんと撫でてくれた。

いつまでも下ばかり見てはいられない。美那は、コーヒーに口をつけた。

「俺は、後悔してないよ。叔父さんのことは確かに残念だったけど、時間が巻き戻っても俺はきっと同じようにふるまう。だから、美那も、今度は俺から手を離さないで」

「……が、頑張ります」

「二度と、勝手に姿を消さないで。俺がどうにかできることなら、なんでもするから」

「うん」

「……一生そばにいて、美那。君だけじゃない、もちろん、乃恵瑠も。俺たちの愛しいあの子も。絶対に君たちを幸せにしてみせる」

言葉が、出てこなかった。

（……一生？　一生って言った……？）

美那がぽかんとして公輝を見つめていると、公輝ははにかみながら、小さな箱を取り出した。ブラックベルベットのアクセサリーケース。

「開けて」

公輝に促され、美那は恐る恐るアクセサリーケースを開けた。

大きなダイヤモンドがそのまま収まっていた。

宝石に疎《うと》い美那でも分かる、相当高価だ。百貨店などでちらりと覗《のぞ》くジュエリーショップでこんな大きなダイヤモンドは見たことがない。

「こ、これ……」

「本当は指輪を用意したかったけど、好みが分からなかったから」

「ほ、本物のダイヤモンド……？」

「もちろん。鑑定書もあるよ」

公輝は美那の手を取った。そして、左手の薬指のつけ根に、恭《うやうや》しく口づける。

「指輪を作ろう、君によく似合う、君の一番好きなものを」

「公輝くん……」

「答えは？　美那。イエスしか受け入れないけど」

イエスの返事の代わりに、美那は公輝に抱き着いた。

力いっぱい、もう二度と、離さなくていいように。

第九章

結婚式に憧れがないと美那《みな》が言った時、公輝《こうき》は大層がっかりした様子だった。

公輝の方が付き合いもあるので、戸ノ崎《とのさき》家に結納も結婚式も任せると伝えた時のことだ。

——美那は、欲がない。

結婚を視野に入れて動き始めてから、公輝は事あるごとに美那に言った。欲がないと。

正直言えば、すべて満たされてはいた。公輝は惜しみなく与える人だったので、美那はそれを受け取ることに必死で、なにか欲しいと思う暇もなかったから。

それに、結婚となった時、美那には不安があった。

ただ交際しているだけなら、誰の許可もいらないだろうが、これからはそうはいかない。

時代や文化が変わっても、別々の家で育ったふたりが、ひとつの家庭を作るという原則は大きくは変わらない。それが結婚だ。

幸いにもふたりとも両親は健在だ。

お互いの両親に、ニュージーランドで出会っていたこと、ふたりの間に乃恵瑠《のえる》という子どもがいること、正直に打ち明けることにした。

うそをついて、あとでバレたら、大変なことになるのは目に見えていたのだ。

美那の両親も、大いに戸惑っていた。

正面切って、いままでの不義理を謝罪し、今後は絶対美那を泣かせないと宣言した公輝を追い返すわけにもいかない。かわいい孫も、なぜだか公輝の横に正座して、真剣そのものの様子で話に交じっていた。

両親は「心配だ」と何度も口にした。美那がひとりで乃恵瑠を産んだ姿を見守ってくれていたのだから、なおさらだ。

さらには、その相手は名前も知っている大企業の御曹司だ。

初めは家柄の違いが……と結婚に及び腰だった美那の両親も、乃恵瑠の父親だということもあって、最終的には美那たちの結婚を認めると決めたそうだ。

美那の家の説得の次は、公輝の実家だ。

だが、それはオンラインで、あっさりと終わった。

両親が日本に揃うタイミングがないとのことで、ビデオ通話をしたのだ。美那からすれば、全員、勤め先の重役たちだ。違う意味でも緊張したが、公輝の両親は「信人《のぶと》の書かせた記事のお嬢さんだね。例の件は申し訳なかった。うちの息子でいいのなら、結婚に関してはふたりに任せるよ」くらいの返事で、さらさらと流れていった。

公輝の母親も、ニュージーランドで美那と交際していたことを覚えていたらしい。「執念深いのね」と言われた公輝は、慌てて通話を切断していた。

戸ノ崎家の要望で、披露宴は小さなもの——と言っても百人規模だ——と、お披露目を兼ねた盛大なものと二回行うこととなった。結婚式の挙式は両親や兄弟、そして、親しい友人だけを招くこととなった。

準備はほとんど戸ノ崎家で進めてくれたが、美那が目を通さなければいけないものも確認をしないといけないものも数多くあった。

結婚後もそのまま仕事を続けると決めた美那は、仕事と育児、そして結婚式関連と寝る間もないような一年間を過ごした。

結婚が決まってすぐに、公輝の家に引っ越しをして、三人暮らしも始めた。

寝不足で何度倒れそうになっただろう。それでも、公輝と一緒に暮らし始めてから、どんなに多忙でも家事は公輝が手伝ってくれるので、随分楽だ。

公輝の手が回らない時は、ハウスキーピングを呼んでいるので、美那は仕事と乃恵瑠のことという生活リズムに『結婚式準備』という項目が増えた。

目まぐるしくいろんなことが変わっていった。

そんな中、ようやく結婚式当日を迎えることができた。

ここ一週間は記憶がほとんどない。式の前の準備が忙しいからと、有給をまとめて取った。結婚式後に、一週間程度新婚旅行も予定しての二週間の休暇だ。

美那がこれだけ忙しく感じたのだ、社長となった公輝はもっと忙しかっただろう。ここ半月は、満足に顔を合わせられない日もあったほどだ。

だが、結婚式という行事に公輝がこだわった理由は、当日を迎えたいまなら、なんとなく分かる気がする。

「ママ、お姫さまみたい！」

一年前からすれば、乃恵瑠のおしゃべりもうんと上手になった。

蝶《ちょう》ネクタイに吊《つ》りズボンという一張羅の乃恵瑠は、ウエディングドレスに身を包んだ美那を見てうっとりと呟《つぶや》いた。

「ありがとう、乃恵瑠。ママ、似合ってる？」

「うん、すっごく」

オフショルダーのAラインドレスは、繊細な総レースにパールがあしらわれている。デコルテをきれいに見せるために、髪も完全にアップスタイルにした。

ドレスを選んだのは、美那の母と公輝の母だ。初めはドレスショップで美那もわくわくと試着したのだが、何着もすすめられるまま着ていたら、どれがいいか分からなくなってきた。

公輝に相談しようにも、彼は「式当日までは花嫁の格好を見ない」ともともと言っていたので、相談もできない。そこで頼ったのが、ふたりの母だ。

公輝の母が日本に来られると言った日にドレスショップに向かい、ふたりに言われるがまま何着か身に着けた。

好みが違う母ふたりだったが、「一番似合う」と言ったドレスは、不思議なことに同じドレスだった。

それが、これだ。こうしてヘアメイクまでしてもらうと、確かにこのドレスにしてよかったと思う。

コンコン、とドアをノックする音がした。

「美那……?」

「はいってまーす」

公輝だ。乃恵瑠が返事をした。

「入ってもいい?」

「どうぞ」

ブライズルームでのファーストミート。

これは公輝がどうしてもと、こだわったことだ。

お互いに別々のブライズルームで準備を行い、花嫁の準備が整った時に、花婿が会いに来る。その時に初めてお互いを見る。

そのために、美那たちは前撮りなども行わなかった。

今日、家を出てから公輝と会うのは初めてだ。時間としてはそんなに経っていないが、緊張してきた。

（公輝くん、気に入ってくれるかな……）

ゆっくりとドアが開く。

白いタキシードに、淡いピンクのベストを着た公輝を見た瞬間、美那は思わず口を押さえた。

なんて素敵《すてき》な人なのだろう。

公輝と出会ってから、何回、何十回と繰り返してきた感動だ。扉を開けて入ってくるだけの短い時間が、まるでスローモーションのように感じられた。

彼だけがカラーで、そのほかがすべてモノクロで。

それくらい、公輝は鮮《あざ》やかだった。

涙がじわりと滲《にじ》んで、慌てて手で扇《あお》いだ。泣いてしまうわけにはいかない、メイクしたてなのだから。

「わあ……。こうくんは王子さまだ！」

乃恵瑠が嬉《うれ》しそうに声を上げて、その場をバタバタ走り始める。

「乃恵瑠ちゃん、おばあちゃんと遊びましょ」

扉の隙間から、義母が顔を出して、走り回る乃恵瑠に手を伸ばした。美那と目が合うと、ウインクしてくれる。

乃恵瑠はあっさりと捕まり「あっちにお菓子があったわよ」と、ロビーに誘導される。

公輝はそんな中、ぼうっと立ち尽くしていた。部屋に入ってから、一歩も動いていない。

「公輝くん……？　具合でも悪い？」

結婚式のスケジュールに合わせて、超人的に仕事をさばいてきたことを美那は知っている。

もともとショートスリーパーだから大丈夫だというが、連日三時間睡眠を続けていたら、人間は寝不足になるものだ。

美那はサテンのグローブを外して、公輝の額に手を当てた。驚くほど熱い。

「えっ、すごい熱いですよ！　熱がある！」

人を呼ぼうとした美那を、公輝本人が止めた。

「あ、いや……その……具合が悪いわけじゃないよ」

「本当に……？　少し休んだ方がいいんじゃないですか？」

「あんまり、美那がきれいだったから。その……驚いたんだ、多分……すごく照れてる」

美那は何度か瞬《まばた》きをして、言葉を理解するように努めた。

「ええと……それは」

「俺の奥さんが世界一きれいだから……知恵熱みたいなものだと思う」

額に当てていた美那の手を握り、はぁと感嘆する。

「きれいだ、美那。言葉が出てこないくらい」

「……気に入ってもらえたなら、すごく嬉しい、です」

「うん、気に入ったなんてものじゃない……本当に……本当にきれいだよ」

「公輝くんもすごく格好いいよ、さっき泣きそうになっちゃいました」

「なんで？」

公輝が首を捻《ひね》る。

「あんまり素敵な人が、私と結婚してくれるから。感激しちゃったんです」

「それは、俺のセリフだよ」

奇跡だ。

一から十まで、すべて奇跡。

なにかひとつでも違っていたら、出会いもしなかったたし、再会もしなかった。

美那は胸に公輝との思い出を秘めたまま暮らしていっただろうし、二度と恋はしなかっただろう。

自分は幸せだった。

乃恵瑠を授かって不安な時でも、家族のサポートもあって育児もできた。いいママかは分からないけれど、乃恵瑠は「ママ大好き」と言ってくれる。それだけで十分だった。

あの時、公輝と再会するあの日までは。

「……私、こんなに幸せでいいのかな……」

「もっと幸せになるよ」

「そう……？　これ以上、どう幸せになったらいいのか、分かりません」

「俺は美那と暮らして、毎日すごく幸せだよ、家の鍵を見ただけでも幸せ」

「ふふ、それは私もです」

「美那たちといると、たくさんの幸せが降ってくる」

気がつけば、公輝の目が真っ赤になっていた。

美那の鼻の奥も熱くなっていく。

「前川《まえかわ》美那さん」

公輝が、姿勢を正して、美那の前に片膝をついた。

自らの胸に手を当てて、女王に忠誠を誓う騎士のように美那を見上げる。

「これから、どんな困難があっても、あなたと、私たちの子どもを守り抜きます。その障壁がどれだけ高くて、どれだけ厚くても、どんな手段を使っても、俺は美那さんを守る」

「はい」

「だから、あなたも安心して、俺に甘えて、幸せになってください。あなたに寄りかかられて、倒れるような人間ではないつもりです。あなたのしっかりしていて、自立しているところも素敵なところだけれど、もっと欲張ってほしい。私、戸ノ崎公輝は、病める時も健やかなる時も、あなたが笑顔な日もそうでない日も、あなたと向き合い続け、愛し続けることを誓います」

美那は、そっと腰をかがめて、公輝の手を取った。

「私は、世界で一番の欲張りです。かわいい息子だけではあきたらず、素敵な旦那様まで手に入れてしまいました。これ以上、なにを欲しがればいいのか分かりません。でも、私、前川美那は、病める時も健やかなる時も、旦那様が無理して寝不足の日も、出張が続いた日も、あなたの帰る場所であり続けることと、愛し続けることを誓います。――もう、二度と、離れません」

ぎゅうと手を握って、ふたりで微笑《ほほえ》み合った。

（公輝くんが、ファーストミートにこだわったわけが、いまなら分かるな……）

これから、ふたりの結婚はいろんな人のものになる。

美那がきっと結婚式を思い出す時、このふたりきりの誓いを思い出すだろう。

ふたりして泣きそうになりながら、思い思いの言葉で誓った永遠の愛を。

ウエディングドレスから、披露宴を入れたら三度のお色直しを経て、式は無事に終えることができた。すべてを終えた美那が私服に着替えた時、もう時計の針は二十二時に近かった。

ホテルのスイートルームには夫婦ふたりきりだ。

乃恵瑠は披露宴の途中で眠ってしまい、そのまま、予定どおり美那の両親が預かってくれている。

公輝はウエルカムフルーツのマスカットを一粒口に放り込みながら、ウエルカムスパークリングワインのボトルを手にした。

そして、美那に掲げて見せる。

「美那も飲む？」

「少しだけ」

「分かった。少し待ってね」

公輝は手早く、スパークリングワインを開ける。ポン、と景気のいい音がした。

ロゼのスパークリングワインをグラスに注いで、美那に差し出した。

「奥様、グラスをどうぞ」

「ありがとうございます、旦那様」

「乾杯」

美那が受け取ったグラスに、公輝のグラスが当たる。軽やかな音に、美那は目を細めた。

ふたりは窓辺のソファにそれぞれ座って、スパークリングワインを飲んだ。疲れた体に炭酸がじわりと染み込む。

疲れと同時に高揚感がある。あれだけの人間に囲まれたことも、祝福されたことも初めてだった。美那が戸惑う度に、さりげなく公輝が助けてくれた。

人前での凛《りん》とした公輝も好きだが、ふたりきりの時の、穏やかな公輝はもっと好きだ。

「ふふ……」

「どうしたの？　美那、急に笑って」

「なんだか、緊張が解けたからか、すごくスパークリングワインがおいしく感じて……、それに、すごく、ほっとしました……」

「それは俺も一緒かな。社交の場はやっぱり疲れるね」

「社交の場……私も慣れないとですよね」

「それはおいおいでいいよ、そのうち慣れるさ。美那がひとりで行くことはないよ。俺か母さんが一緒に行く。……………って、義理の母親と一緒は気を使って大変かな？」

「いえ、お義母さんのほうがすごく気を使ってくれてますよ」

公輝の母は、きりっとした美形だ。背も高くスタイルもいいので、初めて会った時は恐縮しきりだったが、さっぱりとした性格は付き合いやすくもあった。

義母である以上に、仕事を愛する女性という印象が強く、家の中のことに興味関心がない分、美那に求めるのは『公輝と楽しく過ごすこと』くらいだ。

「ふふふ」

「どうしたの、本当に」

「私、多分、すごく大事にされてます。みなさんに、不相応なくらい、申し訳ないです」

美那はグラスを傾《かたむ》けながらくすくす笑った。

ひとりがけのソファのひじ掛けに頬杖《づえ》を突き、公輝がそんな美那を眺める。

そのまなざしはどこか淫靡《いんび》な暗さがある。美那は、そろそろとグラスをテーブルに置いた。意識しないようにしてきたが、だめだ。公輝に触れたいし、触れてほしいという心がもたげる。

明日からは乃恵瑠と三人で沖縄《おきなわ》に新婚旅行に向かう。旅のプランも乃恵瑠ありきで決めた。三人での長い旅は楽しみだ。

だが。

（……結婚初夜……って、私たちの場合も言うのかな……？）

ごくりと喉が動いた。

公輝もグラスをテーブルに置き、立ち上がる。影が美那を覆《おお》い隠し、視界が暗くなる。

美那が顔を上げると、公輝はソファのひじ掛けに手を置き、ゆっくりと体を倒した。ふたりの距離が近づき、キスをする。

結婚式でしたような、そっと唇同士をつけるだけのキスではなく、公輝は美那の唇を食《は》んだ。そのキスを受け入れ、差し込まれる舌を受け入れるために薄く口を開いた。

グロスが剝《は》がれても問題がない。公輝の唇にラメがついても、それを見るのは美那だけだ。

公輝の舌が、美那の舌に絡む。歯列を舐《な》められると、腰の方からぞくぞくとなにかが駆け上がる。

なにかなんて、白々しいことだ。もう美那はこの感覚を知っている。公輝が与えてくれることを、体は素直に覚えている。

最後、ちゅ、と軽い音を立てて離れた公輝の唇を目で追う。やっぱり、少しだけラメがついてしまったが、きらきらと反射するそれはとてもきれいだった。

私たちは歩いてきた、ここまで。

美那は公輝の手を取り、そっと手の甲に口づけた。迷わないようにずっと導いてくれた手に。

「美那……」

名前を呼ぶ公輝の声が、低くかすれる。

美那は顔を上げて、公輝を見た。端正な顔立ちの、愛しい男性を。

「はい、公輝くん」

「愛してる」

美那はすっかりパーティードレスを脱がされて、その下のキャミソールと揃《そろ》いのショーツ姿でベッドの上に押し倒されていた。ブラジャーはすでに外されている。あっという間だった。

真っ白いサテンに、ベイビーブルーのレースが裾についたそのデザインは花嫁らしい清楚《せいそ》さだ。

「あっ、ああ……公輝、くん……ぅ」

キャミソールの上から胸の尖《とが》りを舐められて、もう片方は布とこするようにこねられ、美那は甘い息を吐《つ》いた。

すっかり透けてしまったキャミソールからは、美那の小ぶりな、けれどもしっかりと立ち上がった乳嘴《にゅうし》が見える。

「……普段の下着よりも清楚なものだからかな。……いけないことをしている気分になるよ」

「や……ん、そんな、見ないで……」

公輝は舐めるのをやめて、透けた乳嘴を眺めた。こねる手は止まらないので、どうしても体が動いてしまう。公輝の眼前《がんぜん》で、誘うように胸が揺れる。

「じゃあ、美那が見て」

「え……？」

公輝が舌を尖らせて、透ける美那の乳首をチロチロと舐める。気持ちがいい……けれど、もどかしい。

しかも、もう片方の乳首はぎゅうとつねられて、びくんと腰が跳ねた。

「ああっ、んん、も、公輝くん……っ」

片方は強く、片方は足りない、そんな風に愛されて、美那はどうしていいか分からなくなった。もっと痛いくらい、吸ってほしい、そんな風に思っても口には死んでもできない。

とても淫《みだ》らになった。公輝の与えてくれるものだけでは満足できずに、もっともっとと感じるようになった。

それがとてつもなく恥ずかしい。

「ふふ、美那、眉下がってる」

「だ、だって……」

美那が公輝を見て、言い訳をしようとした時、目が合ったまま公輝は美那の胸の飾りを軽く歯で噛《か》んだ。

「あっ……ああっ、そ、それぇ……」

「これ？」

歯で軽くしごきながら、舌先で転がすように舐める。公輝のもたらす感覚は甘い酩酊《めいてい》感をもたらした。

美那は彼のたくましい体の下で、快感にあえぐことしかできないでいた。

腰は絶え間なく動いて、お腹の奥にたまる熱をなんとか逃がそうとしている。

「はぁ……ん、公輝……く、んん。気持ち、いい……」

「美那、かわいい」

公輝にそう言われて、美那の蜜洞がきゅんと収縮した。とぷりと蜜が零《こぼ》れ、ショーツが張りつくのが分かる。

いつもそうだ、公輝に触れられていると、びしょびしょになってしまう。恥ずかしいほどに、濡《ぬ》れてしまう。

「こ、公輝くん、そ、その……」

「なに？　どうかした？」

公輝は口を離して、両方の乳嘴を親指で弾《はじ》き始めた。

「あ、こ、公輝、くん……っ、あん、んん」

弾かれる度に、とぷ、とぷ、と蜜が溢れるのが分かる。もう、愛されたくて、体はすでに招く準備を整えている。

「なあに、美那」

「わ、分かってるんですよね？」

「分かってる、そりゃね。俺が、美那に気持ちいいことを全部教えたから」

そう言われて、真っ赤になった。

「もっといじわるしたいけど、今日はしない。初夜だから、いままでで、一番気持ちいいって思わせたい」

「いつも、全部気持ちいいですよ」

「………」

「公輝くん？」

「あのね、ベッドの上でそういうのはね、危ないよ。俺にも理性の限界があるから」

「……公輝くんなら、いいですよ……その、好きにしてくれても」

しどろもどろになって、美那は言った。

公輝はよほど驚いたのか、美那の上でごくりと唾を呑《の》んでいる。喉仏が動くのがはっきり見えて、その様《さま》も美那の体を熱くする。

勇気を出した。今日は、一度しかない。美那は手を伸ばし、公輝のズボンのボタンを外した。すでに彼のズボンの前は、パンパンに張りつめている。

前を寛《くつろ》がせると、公輝の陰茎はしっかりと立ち上がっていた。だらだらと淫汁を垂らし、反り返っている。

「……わっ、すごい……」

こんな風に目の前で公輝の欲望を目の当たりにして、息をひそめた。

公輝と体を重ねるその時、いつも与えられるだけで、彼の雄《おす》を見る余裕がなかった。だが、こうしてマジマジと眺めると迫力がある。

これほど大きく立派なものが、自分の中に入っているなんて。

「俺も、美那のここ、見せてもらうよ」

彼の大きな手が美那の膝裏にあてられ、片足を担いだ。

美那の花弁はすっかり濡れそぼり、ショーツが張りついている。頼りない、レースのショーツは明らかに見るためのもので、布の面積も酷《ひど》く狭い。

「や……やだ……」

太ももまで濡れていることに気づいて、恥ずかしさに隠そうと手を伸ばす。

「だめ、見せて」

「は、恥ずかしいです……！」

「かわいいね、美那、俺たちずっと恥ずかしいことをしてるんだよ」

ちゅう、と公輝は美那の首に口づけた。それから、軽く歯を立てて吸い上げる。

「あっ……んん」

彼は首筋に自分のものだという赤い印を、いくつも残しながら、公輝は美那の秘部に指を這《は》わせた。

ショーツをずらし、膣口に指先をあてがう。濡れたそこは、招くように指を飲み込んだ。

指の一本だけでも、敏感に感じ取ってしまう。

そして、訴えるのだ、本当に欲しいものは、これじゃないと。

「美那とこうするのは、久しぶりだね」

「お、お互い……っ、忙しかった、からぁ……」

「そう、すごく忙しかった。その間、美那のドレス姿を想像して、頑張ったよ。そして、そのあと、どんな風に美那を抱くかずっと考えていた」

浅いところをゆるゆると指でこすられるだけで、美那の腰はもどかしさに震える。

「私も」

「ん？」

「私も……久々に公輝くんに抱いてもらえることを、楽しみにしてました」

公輝は黙って指を抜いた。ちゅぽ、と間抜けな音を立てて指を失ったそこが、もの悲しげに蠢《うごめ》く。

「はぁ……っ、ど、どうして……？」

「美那の中に入りたい。いい？　まだ痛いかもしれないけど」

公輝はギラギラした目で美那を見つめていた。

「このまま、入れてもいい？」

そう言われて、美那はずくりと鈍い欲望が体の底を這うのを感じた。

このまま、淫らに先走りに濡れた雄槍を受け入れる。いつもはふたりを隔《へだ》てる薄いラテックスもなく、粘膜同士が触れ合う。

知らずに、はぁ、と熱い息が漏《も》れた。

「――……はい、そうしてください。公輝くんのものになりたい」

「君は、俺のものじゃない。君自身のものだ」

公輝は低く、呻《うめ》くように囁《ささや》いた。

そして、お互いの欲望をぴたりと合わせる。美那の膣口は、公輝の先端を当てられ、ちゅうとかじゅうとか、音を立てる。

「ただ、君を世界一愛しているのは俺だ。それを体で教えてあげる」

一気に、雄槍が貫いた。

「――……あああっ、んっ！」

体の中心を埋める、恐ろしいほどに熱いそれに、美那の蜜洞はきゅうきゅうと形を変えた。

「あ、熱い……こ、こんなに……違うんですね」

「ああ、俺も……違う……いつもより、くっ、すごい締まるね」

「あ……言わないで……」

中に押し入られた衝撃で浅い息を繰り返す。公輝の手は美那の足を抱えたままで、大きく開かれた花弁は、赤黒い男の欲望を当然のように受け入れている。

「かわいい……全部、全部かわいい。声も、姿も、全部……美那」

「あっ、や……そんな……つよ……っ、いいっ」

後ろからガツガツとえぐるように腰を振られる。久々の性交だというのに、信じられないほどに気持ちがいい。先ほど飲んだアルコールのせいか、公輝と愛し合う幸福感のせいか。

美那は自分のお腹に手を当てた。手のひらの下に、公輝の熱を感じる。美那を求め、何度も何度も穿《うが》つ、愛しい熱が。

「公輝……くん……っ、あ、ふ……んんっ」

「美那、公輝って呼んで。呼び捨てで」

公輝はそう言いながら、美那の一番奥に、先端を叩《たた》きつける。その度に、お互いの愛液が溢れ、まじり合い、美那の入り口から白い泡となって溢れてくる。

何も考えられなくなり、彼を見上げた。

鋭《するど》い目で美那を見下ろし、深くまで愛してくれる男を。

「公輝」

公輝の瞳孔が収縮した気がする。彼はぐっと眉を寄せて、美那の細い腰を持った。

「――……ひんっ、あっ、だ、だめ、そんな、激しっ、やぁ、だ、だめ……！」

そのまま最奥を繰り返し叩かれる。

ぼろぼろと涙が零れた。愛が、涙になって溢れていく。それでも消えないくらい、何度でも何度でもこみ上げてくる。

「公輝……愛してる」

「俺もだよ、美那」

公輝は笑った。美那も笑う。

なんて、なんて幸せなんだろう。後悔なんてない、公輝と歩めた人生のひとつも。

「愛してる、君のすべてを」

腰骨と腰骨がぶつかるほど深く、公輝が穿った。美那の体は全身が強く硬直し、息もできないほどだ。強すぎる快楽に、言葉はなかった。

公輝の白濁が美那の奥に注ぎ込まれる。酷く、熱い。この感覚は初めてのことだ。熱くて──嬉しい……。

お腹にあてた美那の手の上に、公輝の手が添えられる。

大きなその手に包まれた自分の手を眺めて、美那はしばらく泣いていた。

あまりに幸せだと人は泣いてしまうのだと、美那は初めて知った。

「愛してる、美那。これからも、ずっと、俺のそばにいて」

優しいキスをかわしながら、心地よい脱力にいざなわれるまま、美那は目を閉じた。

公輝の腕の中で、夢は見なかった。

エピローグ

ふっと美那《みな》が目を覚ますと、いい匂いが漂ってきていた。

リビングのソファでうとうとしていたようだ。気がつけば、膝にブランケットが掛けられていて、暖かい。

「あ、ママ、起きた～？　もうすぐご飯できるよ」

乃恵瑠《のえる》がキッチンから声をかけてきた。振り向くと、キッチンでは、お揃《そろ》いのエプロンを着た公輝《こうき》と乃恵瑠が料理をしている。

そろそろ小学生になる乃恵瑠は随分と背が伸び、少年という方が近くなった。

「なにを作ってるの？」

「今日はね、ちらし寿司だよ～」

「わあ、ちらし寿司嬉《うれ》しいな」

結婚して二年。

公輝はタワーマンションを運用に回し、美那と乃恵瑠と住む家を建てた。会社からも近く、比較的治安もいい場所に、現金一括で家を買うスケール感にはまだついていけないが、それ以外はうまくやっていると思う。

良くも悪くも、結婚で美那が変わったことはない。料理は公輝の方が得意だ。ただ、乃恵瑠は公輝と遊びに行くことも増えたので、美那がひとり家で仕事のために勉強をしたり、ゆっくりする時間が増えたくらいだ。

公輝は、乃恵瑠の手元に注意を払いながら、美那に尋ねた。

「汁物、お澄ましでよかった？」

「うん、ありがとう。公輝のお澄まし、おいしくて大好き」

「ありがとう」

いつでも優しい旦那様だ。

「私も手伝うよ」

よいしょ、と美那が立ち上がれば、ふたりが血相を変えて走ってきた。そして、美那の膝にかけていたブランケット片手に、「座っていて！」と公輝と乃恵瑠が慌てて声をかける。

「そ、そんな……」

「仕事以外はゆっくりしてほしいんだ。ね、乃恵瑠」

「うん、ママはお仕事以外は座ってて、それがおうちのお仕事！　ぼくとパパでおうちのことはするから！」

ふたりは真剣そのものだ。

「ええ……？　運動も少しはしないといけないんだけど」

「ママ、お仕事でしてるよ！」

「分かった、座ってます」

美那がソファに再び腰かけると、ふたりは露骨《ろこつ》にほっとした顔をした。

（……ふふ、こういう時、本当にそっくり……）

美那は、キッチンに戻ったふたりを見て、くすくすと笑った。ふたりを眺《なが》めながら、お腹をさする。

家族が増えると分かって、公輝も乃恵瑠も大喜びしてくれた。乃恵瑠は「妹がいいなぁ」とにこにこと笑っている。もともと、公輝が美那を大事に扱う姿を見て、乃恵瑠も過保護になってきたところの妊娠だ。ふたりは「いまはゆっくりして！」と、美那を動かさないようにする。

「ママ、待っててね！」

「うん、ありがとう、乃恵瑠」

乃恵瑠は真剣そのものの様子で、子ども用の包丁を手にした。

ふたりが並んで料理をする姿を見る。

クライストチャーチから逃げ帰った日の美那は、こんな日が来るなんて思っていなかった。

公輝とちゃんと結ばれて、ひとつの家族を作れるなんて。

（ああ……だめだ……、涙もろくなっちゃった）

ぽろっと涙が零《こぼ》れて、それをぬぐう。

昔はなかなか泣かなかったのに、最近は「幸せだなぁ」と思うと涙が出てしまう。肩の力を抜いて生きているのだろう。

美那はひとりではない。ひとりで頑張らなくてもいいのだ。

そんなに器用ではなかった美那が、ようやく寄る辺を得たのだ。

（本当に……すごく、幸せ……）

自分の手に輝く指輪を見下ろす。公輝と揃いの結婚指輪と、婚約指輪はきれいに収まっている。

（これからもいろんなことが起きるんだろうな……でも、きっと、公輝となら大丈夫……）

きっと大丈夫。

これからの未来も、きっと明るい。

公輝と乃恵瑠の柔《やわ》らかな笑い声に包まれながら、美那は、形はないけれど温かな希望をそっと抱きしめていた。

あとがき

はじめまして、あかつきもも花と申します。この度は『元カレ御曹司に最愛息子ごと溺愛されました～二度目の恋はひそやかに～』をお手にとってくださり、ありがとうございます。

ヴァニラ文庫ミエルさまでは一冊目の作品となります。シークレットベビーものです。海外で出会ったふたりが再会し、二度目の恋をする……ということをテーマに書かせていただきました。ぎこちなくも交流する父と子はとても楽しかったです。

ヒーローが救うと見せかけて、ヒロインに救われる話がとても好きなんです。今回の話も、芯の強いヒロインがヒーローに人間の心を与える光であればいいなぁと思って書いていました。恵まれた人特有の苦しみを、ヒロインだけはやわらげてくれる……そういう話が好物です……！

イラストはれの子先生が、とても素敵に描いてくださいました。作中のシーンがこんな風に美しく表現されることに感動しました。ありがとうございます。

最後に、担当さまはじめ、この本の出版に関わってくださったすべてのみなさま、手に取ってくださったみなさま、ありがとうございます。またお会いできるよう、精進して参ります。

二〇二三年春　あかつきもも花

原稿大募集

ヴァニラ文庫ミエルでは乙女のための官能ロマンス小説を募集しております。
優秀な作品は当社より文庫として刊行いたします。
また、将来性のある方には編集者が担当につき、個別に指導いたします。

◆募集作品

男女の性描写のあるオリジナルロマンス小説（二次創作は不可）。
商業未発表であれば、同人誌・Web 上で発表済みの作品でも応募可能です。

◆応募資格

年齢性別プロアマ問いません。

◆応募要項

・パソコンもしくはワープロ機器を使用した原稿に限ります。
・原稿は A4 判の用紙を横にして、縦書きで 40 字 ×34 行で 110 枚 ~130 枚。
・用紙の 1 枚目に以下の項目を記入してください。
①作品名（ふりがな）/②作家名（ふりがな）/③本名（ふりがな）/
④年齢職業 /⑤連絡先（郵便番号・住所・電話番号）/⑥メールアドレス /
⑦略歴（他紙応募歴等）/⑧サイト URL（なければ省略）
・用紙の 2 枚目に 800 字程度のあらすじを付けてください。
・プリントアウトした作品原稿には必ず通し番号を入れ、右上をクリップなどで綴じてください。

注意事項

・お送りいただいた原稿は返却いたしません。あらかじめご了承ください。
・応募方法は必ず印刷されたものをお送りください。CD-R などのデータのみの応募はお断りいたします。
・採用された方のみ担当者よりご連絡いたします。選考経過・審査結果についてのお問い合わせには応じられませんのでご了承ください。

◆応募先

〒100-0004　東京都千代田区大手町 1-5-1　大手町ファーストスクエアイーストタワー
株式会社ハーパーコリンズ・ジャパン　「ヴァニラ文庫作品募集」係

元カレ御曹司に最愛息子ごと溺愛されました

～二度目の恋はひそやかに～

Vanilla文庫 Miel

2023年5月20日　第1刷発行　定価はカバーに表示してあります

著　　作　あかつきもも花　©MOMOKA AKATSUKI 2023
装　　画　れの子
発 行 人　鈴木幸辰
発 行 所　株式会社ハーパーコリンズ・ジャパン
東京都千代田区大手町1-5-1
電話　03-6269-2883（営業）
0570-008091（読者サービス係）
印刷・製本　中央精版印刷株式会社

Printed in Japan ©K.K.HarperCollins Japan 2023 ISBN978-4-596-77351-7